高职高专机电工程类规划教材

UG NX5.0 数控加工范例教程

主　编　张兴华

参　编　刘锦强　黄承志　符海平　卢家金

　　　　谢铁建　黄增杰　吴惠文　杨宜德

　　　　曾奇剑　林伟才

机 械 工 业 出 版 社

本书精选工程实例，以 UG NX5.0 中文版为蓝本进行讲解，内容覆盖了 UG NX 三轴铣数控加工中的常用功能，包括数控加工基础、型腔铣、平面铣、钻孔加工、曲面铣操作的创建和刀路管理相关功能等全方位的内容。

本书以范例讲解形式安排内容，每个典型案例包括各个操作步骤，并在步骤中突出相关的技术要点，再有针对性地介绍相关知识点。本书附带多媒体操作视频光盘，可以起到类似于现场培训的效果，保证读者能够轻松上手，快速入门。

本书可以作为高等职业院校机械制造、数控加工、模具制造等专业的 CAD/CAM 课程的教材，也可供广大 UG 初、中级读者和数控编程人员学习使用。

图书在版编目（CIP）数据

UG NX5.0 数控加工范例教程/张兴华主编. —北京：机械工业出版社，2010.10

高职高专机电工程类规划教材

ISBN 978-7-111-31892-7

Ⅰ.①U… Ⅱ.①张… Ⅲ.①数控机床—加工—计算机辅助设计—应用软件，UG NX5.0—高等学校：技术学校—教材 Ⅳ.①TG659-39

中国版本图书馆 CIP 数据核字（2010）第 179499 号

机械工业出版社（北京市百万庄大街 22 号 邮政编码 100037）
策划编辑：王海峰 责任编辑：于奇慧
版式设计：霍永明 责任校对：李 婷
封面设计：马精明 责任印制：李 妍
中国农业出版社印刷厂印刷
2011 年 1 月第 1 版第 1 次印刷
184mm×260mm·16.75 印张·410 千字
0001—3000 册
标准书号：ISBN 978-7-111-31892-7
定价：29.00 元

前　言

当前，产品的设计与生产已经普遍由 2D 向 3D 转变，由传统制造向先进制造转变。使用 CAD 软件进行产品设计、模具设计，利用 CAM 进行数控编程加工，利用 CAE 软件进行辅助分析越来越普遍，并且具有很大的发展空间。因此，CAD/CAM/CAE 是当前的一项热门实用技术，与此相关的专业技术人才最紧缺。而对于机械相关专业的大学生而言，学习并掌握 CAD/CAM 工具现已成为寻求理想工作的一条捷径。

目前，市场上已有一定数量的与 CAD/CAM 相关的教材，但多数教材只对软件菜单进行介绍，甚至只是软件帮助文件的汉化，缺少可操作性，并与实际应用严重脱节，学习的难度较大。另外，还有一些实例教程以实例应用导向进行讲解，但实例简单，而且知识点的覆盖范围狭窄，很难全面掌握软件的应用。

本书采用一种全新的写作方法进行学习指导，按知识点进行实例的选择，每一单元所选的实例与这一单元所讲解的知识点紧密相关，并有较全面的应用，从而使读者可以真正在案例的引导之下领会相关知识点的应用，并且全面系统地掌握软件的应用。

UG NX 在汽车、摩托车、机械制造、航空航天、模具制造及其他制造业都有广泛的应用。UG NX 将 CAD/CAM/CAE 三大系统紧密集成。用户在使用 UG 强大的实体造型、曲面造型、虚拟装配及创建工程图等功能时，可以使用 CAE 模块进行有限元分析、运动学分析和仿真模拟，以提高设计的可靠性；根据建立起的三维模型，还可由 CAM 模块直接生成数控代码，用于产品加工。

UG NX5.0 是 UGS 公司最新发布的软件版本。相对于以前的版本，NX5.0 对操作界面进行了全面的更新。

本书以 UG NX5.0 中文版为蓝本进行讲解，突出以应用为主线，由浅入深、循序渐进地介绍 UG NX 加工模块中的基础知识、型腔铣操作、平面铣操作、钻孔操作、曲面铣加工以及操作导航器的应用和路径管理功能及应用。通过本书的学习，读者可以全面掌握 UG NX 在数控编程上的应用。

本书每一章都针对一个典型的案例进行详尽的讲解。通过案例引导，再分析相关的知识点，并在实例讲解过程中突出一些操作的关键知识点。本书同时配有多媒体视频 DVD 光盘，演示操作示范。读者只要按光盘中的视频及书中的步骤做成、做会、做熟，再结合知识点的介绍进行领会提高，并对应用实例及讲解进行练习，就能扎扎实实地掌握 UG NX 设计模块的应用。

本书从读者的需求出发，充分考虑初学者的需要。在编写及讲解过程中，从读者最易于学习软件的角度进行讲解方式、结构、顺序的安排和编写，保证读者学得会、学得快、学得通、学得精。书中对各功能的应用及参数解析是以实例操作的方式进行讲解，而非软件的菜单功能列举，同时也没有空洞的理论讲解，避免了现有同类书籍中普遍存在的基础知识与实用技术脱节的现象。

　　本书由广东白云学院张兴华主编，刘锦强、黄承志、符海平、卢家金、谢铁建、黄增杰、吴惠文、杨宜德、曾奇剑、林伟才参加编写。

　　由于编者水平有限，书中错漏之处在所难免，恳请读者提出宝贵意见和建议，以便我们不断改进。

　　　　　　　　　　　　　　　　　　　　　　　　　　　　　　编　者

目　录

第1章 UG 概述与 UG 数控加工

1.1 UG 产品介绍

Unigraphics Solutions 公司（简称 UGS）是全球著名的 MCAD 供应商，主要为汽车与交通、航空航天、日用消费品、通用机械及电子工业等领域通过其虚拟产品开发（VPD）的理念提供多级化的、集成的、企业级的包括软件产品与服务在内的完整的 MCAD 解决方案。其主要的 CAD 产品是 UG。

Unigraphics（简称 UG）是集 CAD/CAE/CAM 一体的三维参数化软件，是当今世界最先进的计算机辅助设计、分析和制造软件。本章着重介绍 UG 的特点、功能和安装，以便对 UG 有个初步的了解。

UG 公司的产品主要包括为机械制造企业提供包括从设计、分析到制造应用的 Unigraphics 软件、基于 Windows 的设计与制图产品 Solid Edge、集团级产品数据管理系统 iMAN、产品可视化技术 ProductVision，以及被业界广泛使用的高精度边界表示的实体建模核心 Parasolid 在内的全线产品。

多年来，UGS 一直在支持美国通用汽车公司实施目前全球最大的虚拟产品开发项目，同时 UG 也是日本著名汽车零部件制造商 DENSO 公司的计算机应用标准，并在全球汽车行业得到了广泛应用，如 Navistar、底特律柴油机厂、Winnebago 和 Robert Bosch AG 等。

另外，UG 软件在航空领域也有很好的表现：在美国的航空业，安装了超过 10 000 套 UG 软件；在俄罗斯航空业，UG 软件具有 90% 以上的市场；在北美汽轮机市场，UG 软件占 80%。UGS 在喷气发动机行业也占有领先地位，拥有如 Pratt & Whitney 和 GE 喷气发动机公司等知名客户。航空业的其他客户还有 B/E 航空公司、波音公司、以色列飞机公司、英国航空公司、Northrop Grumman、伊尔飞机和 Antonov。

同时，UGS 公司的产品还遍布通用机械、医疗器械、电子、高技术及日用消费品等行业，如 3M、Will-Pemco、Biomet、Zimmer、飞利浦公司、吉列公司、Timex、Eureka 和 Arctic Cat 等。

UG 进入中国以后，其在中国的业务也有了很大的发展，中国已成为其远东区业务增长最快的国家。

1.1.1 UG 产品的特点

UG 的 CAD/CAM/CAE 系统提供了一个基于过程的产品设计环境，使产品开发从设计到加工真正实现了数据的无缝集成，从而优化了企业的产品设计与制造。UG 面向过程驱动的技术是虚拟产品开发的关键技术。在面向过程驱动技术的环境中，用户的全部产品以及精确的数据模型能够在产品开发全过程的各个环节保持相关，从而有效地实现了并行工程。

UG 不仅具有强大的实体造型、曲面造型、虚拟装配和产生工程图等设计功能；而且在设计过程中可进行有限元分析、机构运动分析、动力学分析和仿真模拟，以提高设计的可靠性；同时，可用建立的三维模型直接生成数控代码，用于产品的加工，其后处理程序支持多种类型的数控机床。另外，它所提供的二次开发语言 UG/Open GRIP，UG/Open API 简单易学、功能多，便于用户开发专用 CAD 系统。具体来说，该软件具有以下特点：

1）具有统一的数据库，真正实现了 CAD/CAM/CAE 等各模块之间的无数据交换的自由切换，可实施并行工程。

2）采用复合建模技术，可将实体建模、曲面建模、线框建模、显示几何建模与参数化建模融为一体。

3）用基于特征（如孔、凸台、型腔、槽沟、倒角等）的建模和编辑方法作为实体造型的基础，形象直观，类似于工程师传统的设计办法，并能用参数驱动。

4）曲面设计采用非均匀有理 B 样条曲线作基础，可用多种方法生成复杂的曲面，特别适合于汽车外形设计、汽轮机叶片设计等复杂曲面造型。

5）出图功能强，可十分方便地从三维实体模型直接生成二维工程图。能按 ISO 标准和国家标准标注尺寸、形位公差和汉字说明等，并能直接对实体做旋转剖、阶梯剖和轴测图挖切生成各种剖视图，增强了绘制工程图的实用性。

6）以 Parasolid 为实体建模核心，实体造型功能处于领先地位。目前著名的 CAD/CAE/CAM 软件均以此作为实体造型的基础。

7）提供了界面良好的二次开发工具 GRIP（Graphical Interactive Programing）和 UFUNC（User Function），并能通过高级语言接口，使 UG 的图形功能与高级语言的计算功能紧密结合起来。

8）具有良好的用户界面，绝大多数功能都可通过图标实现；进行对象操作时，具有自动推理功能；同时，在每个操作步骤中，都有相应的提示信息，便于用户做出正确的选择。

1.1.2　UG 数控加工方式及特点

NX5.0 数控加工将 NX 的产品开发方案完全组成一个整体。CNC 程序员可以在相同且统一的系统下直接进行全面设计、装配和工程制图。运用这套完整的开发方案，程序员和制造工程师可以对部件模型进行操作、制作和组装夹具、设置机床路径，并可以应用三维加工模拟对整套设备进行模拟。

UG NX5.0 中文版的主要加工方式及特点为：

1）平面铣（Planar Milling）。平面铣用于平面轮廓或平面区域的粗、精加工。刀具平行于工件底面进行多层铣削。每一切削层均与刀轴垂直，各加工部位的侧面与底面垂直。平面铣用边界定义加工区域，切除的材料为各边界投射到底面之间的部分，但是平面铣不能加工底面与侧面不垂直的部位。

2）型腔铣（Cavity Milling）。型腔铣用于对型腔或型芯进行粗加工。用户根据型腔或型芯的形状，将要切除的部位在深度方向上分成多个切削层进行切削，每个切削层可指定不同的切削深度，并可用于加工侧壁与底面不垂直的部位，但在切削时要求刀轴与切削层垂直。型腔铣在刀具路径的同一高度内完成一层切削；遇到曲面时将绕过，并下降一个高度进行下一层的切削，系统按照零件在不同深度的截面形状计算各层的刀位轨迹。

3）固定轴曲面轮廓铣（Fixed Axis Milling）。固定轴曲面轮廓铣用于对由轮廓曲面形成的区域进行精加工。它允许通过精确控制刀具的轴线和投影矢量，以使刀具沿着非常复杂的曲面轮廓运动。其刀具路径通过投影导向点到零件表面来产生。

固定轴曲面轮廓铣刀位轨迹的产生过程可以分为两个阶段：首先从驱动几何体上产生驱动点，然后将驱动点沿着一个指定的矢量投影到零件几何体上，产生刀位轨迹点，同时检查该刀位轨迹点是否过切或超差。如果该刀位轨迹点满足要求，则输出该点，并驱动刀具运动；否则放弃该点。

4）可变轴曲面轮廓铣（Variable Axis Milling）。可变轴曲面轮廓铣模块支持在曲面上的固定和多轴铣功能，完全是 3～5 轴轮廓运动。其刀具方位和曲面的表面质量可以由用户规定。利用曲面参数，通过投射刀轨到曲面上和用任一曲线或点，可以控制刀轨。

5）顺序铣（Sequential Milling）。顺序铣模块用在用户要求创建刀轨的每一步上。它只在完全进行控制的加工情况下有效。顺序铣是完全相关的，它允许用户构造一段接一段的刀轨，但保留每一个步骤上的总控制。其循环的功能允许用户通过定义内、外轨迹，在曲面上生成多个刀路。

6）点位加工（Point to Point）。点位加工可产生钻、扩、镗、铰和攻螺纹等操作的加工路径。该加工的特点是：用点作为驱动器的几何规格。可根据需要选择不同的固定循环。

7）螺纹铣（Thread Milling）。对于一些因为螺纹直径太大，不适合用攻螺纹加工的螺纹，都可以利用螺纹铣加工。螺纹铣利用特别的螺纹铣刀通过铣削的方式加工螺纹。

8）车削加工（Lathe）。提供为高质量车削零件需要的所有能力。UG NX5.0/Lathe 为了自动更新，其零件几何体与刀轨间是完全相关的，它包括粗车、多刀路精车、车沟槽、车螺纹和中心钻等子程序；输出时可以直接滞后处理，产生机床可读的一个源文件；用户控制的参数（除非改变参数保持模态）可以通过生成刀轨和图形显示进行测试。

9）线切割（Wire EDM）。利用线切割模块可以方便地在二轴和四轴方式中切削零件。线切割支持线框或实体的 UG 模型，在编辑和模型更新中，所有操作是完全相关的。多种类型的线切割操作是有效的，如多刀路轮廓、线反向和区域移去，也允许粘接线停止的轨迹和使用各种线尺寸和功率设置。用户可以使用通用的后处理器，从一个特定的后置中开发出一个加工机床的数据文件。线切割模块也支持许多流行的 EDM 软件包，包括 AGIE Charmilles 和其他工具。

UG NX5.0 中文版数控加工的其他特点还有：

（1）仿真功能　UG NX5.0 数控加工提供了完整的工具，用于对整套加工流程进行模拟和确认。NX5.0 拥有一系列可扩展的模拟仿真方案，从机床刀路显示，到动态切削模拟，以及完全的机床运动仿真。

1）机床刀路验证。作为 NX5.0 的标准功能，用户可以立即重新执行已计算好的机床刀路。NX5.0 有一系列显示选择项，包括在毛坯上进行动态切削模拟。

2）机床运动仿真。NX5.0 数控加工模块内完整的机床运动仿真可以由 NX5.0 后处理程序输出并进行驱动。机床上的三维实体模型以及加工部件、夹具和刀具将会按照加工代码以已经设定好的机床移动方式进行运动。

3）同步显示。使用 NX5.0 可以全景或放大模式，动态地观察在完整的机床模拟环境中对毛坯进行动态切削仿真。

4）VCR（录像机）模式控制。NX5.0 提供了简单的屏幕按钮以控制模拟显示，与我们所熟悉的录像回放装置中的典型控制一样。

使用仿真功能具有以下优点:

1) 缩短在机床上的验证时间。使用 NX5.0,程序员无需在机床上进行耗时的检测,只需在计算机上验证部件程序即可。

2) 碰撞检测。NX5.0 可检测部件、正在加工的毛坯、刀具、刀柄和夹具以及机床结构之间是否存在实际的或接近的碰撞。

3) 输出显示。随着模拟的运行,NC 执行代码将实时显示在滚动屏上。

(2) 后处理和车间工艺文档　　NX5.0 拥有后处理生成器,可以图形方式创建从二轴到五轴的后处理程序。运用后处理程序生成器,用户可以指定 NC 编码所需的参数文本,或用于工厂以及用于阐释内部 NX 加工机床刀路所需的机床运动参数。

车间工艺文档的编制,包括工艺流程图、操作顺序信息和工具列表等,通常需要消耗很多时间,并被公认是最大的流程瓶颈。NX5.0 可以自动生成车间工艺文档,并以各种格式进行输出,包括 ASCII 内部局域网的 HTML 格式。

(3) 定制编程环境　　UG NX5.0 加工编程环境可以由用户自己定制,即用户可以根据自己的工作需要来定制编程环境,排除与工作不相关的功能,简化编程环境,使环境最符合工作需要,以减少过于复杂的编程界面带来的烦恼,有利于提高工作效率。

1. 2　UG 加工基本概念与通用参数

1. 2. 1　UG 加工主要工具条

1. 加工创建工具条(图 1-1)

图　1-1

(1) 创建程序　　创建一组程序的父节点。

(2) 创建刀具　　创建一把新的刀具并设置刀具参数。

(3) 创建几何体　　创建几何体父节点,可设定该几何体包含的工件、毛坯或坐标系等。

(4) 创建方法　　创建一个加工方法节点,可设定方法的余量和加工公差。

2. 加工操作工具条(图 1-2)

图　1-2

（1）生成刀轨　选定的操作生成刀路。

（2）编辑刀轨　选定的操作编辑刀路。

（3）删除刀轨　选定的操作删除刀路。

（4）重播刀轨　在绘图区域中重新显示选定的刀路。

（5）确认刀轨　模拟切削。

（6）列出刀轨　在信息窗口列出选定刀路 GOTO（相对 MCS）、机床控制信息及进给率等。

（7）机床仿真　使用以前定义的机床仿真刀轨。

（8）工件工具条　显示工件工具条。

（9）列出过切　列出刀具夹持器碰撞和部件过切事件。

（10）同步　使四轴的车床和复杂的车削装置的刀路同步。

（11）进给率　显示可用于选定操作的进给速度。

（12）预处理几何体　创建曲面区域特征，对 CAM 操作内的体和片体进行前期处理。

（13）输出 CLSF　列出选择可用的 CLSF 输出格式。

（14）后处理　对选定的刀路进行后处理，生成 NC 程序。

（15）车间文档　创建一个操作的报告，其中包括刀具几何体、加工顺序和控制参数。

（16）批处理　提供以批处理方式处理与 NC 有关的输出的选项。

3. 加工导航器工具条（图 1-3）

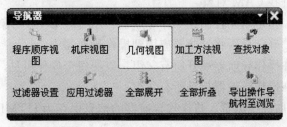

图　1-3

（1）程序顺序视图　在操作导航器中显示程序顺序视图，如图 1-4 所示。

（2）机床视图　在操作导航器中显示机床视图，如图 1-5 所示。

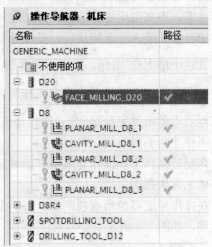

图　1-4　　　　　　　　　　　　　　　　　图　1-5

（3）几何视图　在操作导航器中显示几何视图，如图 1-6 所示。

（4）加工方法视图　在操作导航器中显示加工方法视图，如图 1-7 所示。

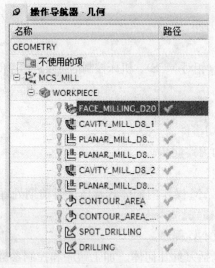

图　1-6

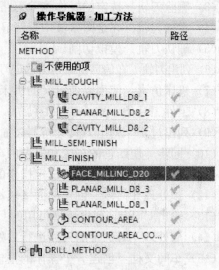

图　1-7

（5）查找对象　查找 CAM 对象。

（6）过滤器设置　指定用于控制在操作导航器显示哪些 CAM 对象的过滤器。

（7）应用过滤器　确定是否将过滤器应用到操作导航器中。

（8）全部展开　在操作导航器展开所有父组，以便每个操作可见。

（9）全部折叠　在操作导航器折叠所有父组。

（10）导出操作导航树至浏览　将操作导航器的信息保存为 HTML，并将其导出到 Web 浏览器。

1.2.2　UG 加工操作导航器的应用

操作导航器是各加工模块的入口位置，是让用户管理当前零件的操作及操作参数的一个树形界面，用来说明零件组合操作组之间的关系，处于从属关系的组的操作将可以继承上一级组的参数。进入加工模块后，操作导航器将被激活，但是隐藏显示。在工作界面左侧导航器工具栏中单击 🖿 图标，将显示操作导航器。当鼠标离开操作导航器工作界面以外时，操作导航器界面将自动隐藏。当在工作界面左侧导航器工具栏中双击 🖿 图标时，或打开左侧导航器后，单击锁定按钮 🔒，操作导航器的整个界面将会显示出来，且不会自动隐藏，只有关闭掉才会不显示。

在制造模块下，操作导航器有四种显示形式，分别是程序顺序视图、机床视图、几何视图、加工方法视图。

在操作导航器的所有视图中，每一个操作前都有表示其状态的符号。状态符号有以下三种类型，如图 1-8 所示。

（1）🚫 重新生成　表示操作没有正常生成，或节点下包含至少一个未生成的操作。

（2）✔完成　表示刀具路径已经完成，并已输出为刀具位置源文件或者已经后置处理。一个操作经过生成 CLSF 或者通过 UG POST 进行后处理将会出现该符号。

图　1-8

（3）⚠重新后处理　表示该操作的刀具路径已经生成，但是还没有进行后处理输出；或者刀具路径已经改变，而后处理输出刀具路径还是以前的，需要重新进行后置处理。

1. 2. 3　UG 数控加工几何体类型

几何体用来指定加工区域和设置对加工边界及区域进行限制加工的参数，其中的各个参数都是通用的，无论是平面铣还是型腔铣，相同的几何体所代表的意思都是相同的。

1. WORKPIECE 几何体

WORKPIECE 几何体又称为铣削几何体，它包括部件几何体、毛坯几何体和检查几何体，如图 1-9 所示。

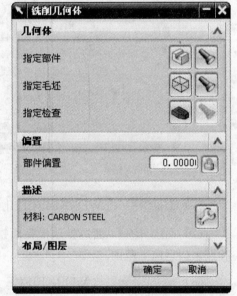

图　1-9

（1）部件几何体 🗍　部件几何体用来指定加工的轮廓表面，通常直接选择部件被加工后的实际表面。部件几何体可以是实体、曲面、曲线。直接选择实体或者实体表面作为部件几何体，可以保持加工刀轨与几何体的相关性。部件几何体是有界的，即刀具只能定位在指定部件几何体上的已存位置上（包括边界），而不能定位在其扩展的表面上。一般情况下指定绘图区域内的加工零件为部件几何体。

（2）毛坯几何体 🗍　毛坯几何体用来指定加工毛坯范围的参数，可以通过建模把毛坯绘制出来，或利用【指定毛坯】自带的【自动块】功能来创建毛坯。一般情况下，毛坯是一个实体。在进行二维模拟切削时，一定要指定毛坯才可以进行模拟切削，否则将出现警告。

（3）检查几何体 🗍　检查几何体是通过【指定检查】命令来实现的。检查几何体是指切削过程中刀具不能侵犯的几何对象。刀具碰到检查几何体时，会自动避开，并行进到下一个安全切削位置才开始进给。

2. 面铣与平面铣几何体

面铣与平面铣几何体用于计算刀位轨迹、定义刀具运动的范畴，并以底平面控制刀具的切削深度。平面铣中的有效切削是一个边界，而不是一个面，但可以用面或者边界来确定切削范围。如图 1-10 所示，在面铣与平面铣的对话框中，几何体的参数有很多不同之处。下面一一作解释。

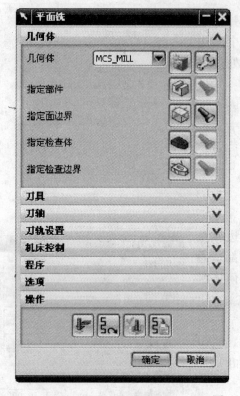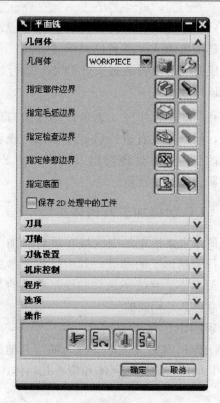

图　1-10

（1）部件 与 WORKPIECE 几何体中的部件几何体相同。

（2）面边界 　面边界是指在面铣中指定面铣加工范围的参数，可以通过平面、曲线和点来指定加工范围。

（3）检查体 　与 WORKPIECE 几何体中的检查几何体相同。

（4）检查边界 　检查边界用于描述刀具不能碰撞的区域，如夹具和压板的位置。检查边界的定义和毛坯边界定义的方法是一样的，注意没有敞开的边界，只有封闭的边界。用户可以指定检查边界的余量来定义刀具离开检查边界的距离。当刀具碰到检查几何体时，可以在检查边界的周围产生刀位轨迹，也可以产生退刀运动，这可以根据需要在【切削参数】对话框中设置。

（5）部件边界 　部件边界就是用于表示加工零件的几何对象，也就是描述完成的零件。它控制刀具运动的范围，是系统计算刀轨的重要依据；可以通过选择面、曲线和点来定义部件边界。面是作为一个封闭的边界来定义的，其材料侧为内部保留或者外部保留。当通过曲线和点来定义部件边界时，边界有开放和封闭之分。对于封闭的边界，其材料侧为内部保留或者外部保留；对于开放的边界，其材料侧为左侧保留或右侧保留。

（6）毛坯边界 　毛坯边界就是用于表示被加工零件的毛坯的几何对象，也就是用于描述将要被加工的材料的范围。毛坯边界的定义和部件边界定义的方法相似，只是毛坯边界只有封闭的边界。当部件边界和毛坯边界都定义时，系统根据毛坯边界和部件边界共同定义的区域（即两种边界相交的区域）定义刀具运动的范围。利用这一特性，可以进一步控制刀具运动的范围。

（7）修剪边界 修剪边界用于进一步控制刀具的运动范围。修剪边界的定义方法和部件边界的定义是一样的，与部件边界一同使用时，可对由部件边界生成的刀轨做进一步的修剪。修剪的材料侧可以是内部的、外部的或者是左侧的、右侧的。

（8）底面 底面是用于指定平面铣床加工最低高度的参数。

3. 型腔铣、固定轴铣、可变曲面轮廓铣几何体

在型腔铣、固定轴铣、可变曲面轮廓铣几何体中，大部分的几何体所指的参数和平面铣中的相同。其中不同的只有【切削区域】几何体，如图 1-11 所示。

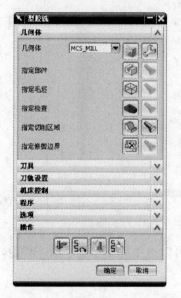

图　1-11

（1）部件 与 WORKPIECE 几何体中的部件几何体相同。

（2）毛坯 与 WORKPIECE 几何体中的毛坯几何体相同。

（3）检查体 与 WORKPIECE 几何体中的检查几何体相同。

（4）切削区域 表示加工区域。使用切削区域来创建局部的铣削操作，可以选择部件上特定的面来包含切削区域，而不需要选择整个实体，这样可以省去剪切边界这一操作。

（5）修剪边界 与平面铣几何体中的修剪边界相同。

4. 钻削几何体

钻削几何体中包括孔、部件表面和底面三个几何体参数，如图 1-12 所示。

（1）孔 指定孔用来指定钻孔的位置。UG 提供了各种点捕捉方式来实现在模型上指定加工孔的位置。

（2）部件表面 指定孔加工的起始面，也就是顶面。可以选择模型上的平面来指定，也可用平面构造器来指定。

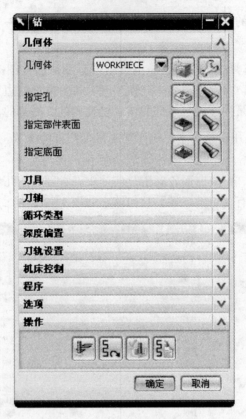

图　1-12

（3）底面 指定孔加工的终止面，也就是加工底面。可以选择模型上的平面来指定，也可用平面构造器来指定。

1.2.4　UG 加工余量的设置

工件的数控加工一般要经过粗加工、半精加工和精加工等工序，创建每一个操作时都需要为下一个操作或工序保留加工余量。UG NX5.0 提供了多种定义余量的方式。

1. 部件余量

即在工件所有的表面上指定剩余材料的厚度值，如图 1-13 所示。

2. 部件侧面余量

即在工件的侧边上指定剩余材料的厚度值；在每一切削层上，它是在水平方向测量的数值，应用于工件的所有表面，如图 1-14 所示。

3. 部件底面余量

即在工件的底面上指定剩余材料的厚度值；它是在刀具轴线方向测量的数值，只应用于工件上的水平表面，如图 1-15 所示。

4. 检查余量

即指定切削时刀具离开检查几何体的距离，如图 1-16 所示。将一些重要的加工面或者夹具设置为检查几何体，设置余量可以起到安全保护作用。

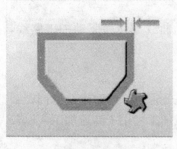
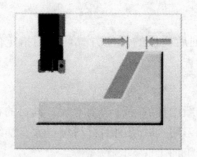
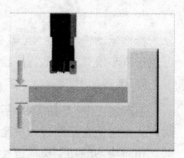

图　1-13　　　　　　　　图　1-14　　　　　　　　图　1-15

5. 修剪余量

即指定切削时刀具离开修剪几何体的距离，如图 1-17 所示。

6. 毛坯余量

即指定切削时刀具离开毛坯几何体的距离。毛坯余量可以使用负值，所以使用毛坯余量可以放大或缩小毛坯几何体，如图 1-18 所示。

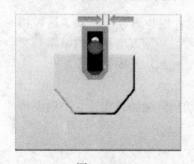
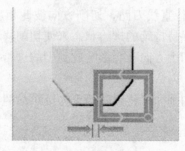
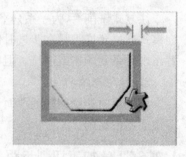

图　1-16　　　　　　　　图　1-17　　　　　　　　图　1-18

1.2.5　UG 加工切削模式

切削模式是决定刀具进给方式的参数，同时是一个关系到加工效率、工件表面加工质量和刀具切削负载的重要参数，它包括八种进给方式，如图 1-19 所示。

⫟ 跟随部件
⫟ 跟随周边
▢ 配置文件
Ꝗ 标准驱动
◎ 摆线
▤ 单向
▤ 往复
▥ 单向轮廓
◄ 显示快捷键

图　1-19

1. 跟随部件

跟随部件铣 ⫟ 也叫零件仿型铣。通过从整个指定的部件几何体中形成相等数量的偏置生成刀路，一般用于封闭式型腔铣的粗加工。

2. 跟随周边

跟随周边铣 ⫟ 也叫外围仿型铣。其中的切削刀轨可生成一系列沿切削区域轮廓的同心刀路，一般用于开放式型腔铣的粗加工。

3. 配置文件

配置文件铣 ▢ 也叫轮廓铣。可根据创建的一条或指定数量的切削刀轨来对部件进行轮廓精加工，可以加工开放区域和封闭区域，一般用于平面铣的轮廓精加工。

4. 标准驱动

标准驱动铣 凸 是 NX 系列后提供的切削方式，是用指定的曲线或曲面驱动加工路线，可用于汽车模具加工的程序检查。

5. 摆线

摆线加工 ⟳ 是在 UG2 后新增加的一种切削方式，其目的在于通过产生一个小的回转圆圈，从而避免在切削过程中全刀切入时切削的材料量过大。摆线加工可用于高速加工，以较低且相对均匀的切削负荷进行粗加工。

6. 单向

单向铣削 ⫘ 也就是单个方向且平行的直线刀路。这将保持一致的顺铣，且在连续的刀轨间不执行轮廓铣切削，除非指定的"进给"操作要求刀具执行从切削刀轨的起点进刀，到刀轨的终点；然后刀具退刀，移动到下一刀轨，同时以相同的方向开始切削。这种切削模式一般用于要求获得高表面粗糙度的面铣。

7. 往复

往复式铣削 ⫘ 为一系列平行直线刀路，切削方向彼此相反，但步进方向一致。这种切削模式通过允许刀具在步进时保持持续的进给状态来使切削移动。切削方向相反的结果是交替出现一系列顺铣或逆铣，但切削方向不会影响此类型的进给。一般用于面铣。

8. 单向轮廓

根据单向轮廓创建的单向切削图样将跟随两个连续单向的切削区域的轮廓，它严格保持顺铣或逆铣切削。

1.2.6 UG 加工切削步距

切削步距是指在每一个切削层相邻两次进给之间的距离。

切削步距是一个关系到加工效率、工件表面加工质量和刀具切削负载的重要参数。切削步距越大，进给数量就越少，加工时间越短；但是切削负载增大，工件表面加工质量粗糙度也增加。其实这是速度与质量的问题，加工速度太快，定会影响加工质量，反之，要求加工质量高，则加工速度不可太快。在实际编制刀轨时，要考虑具体情况，争取做到速度和质量的高度统一，在保证质量的前提下达到较高的加工速度。

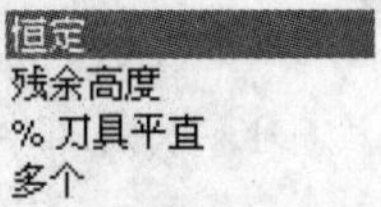

切削步距有四种常用的指定方法，如图 1-20 所示，分别是恒定、残余高度、%刀具平直、多个，下面分别进行介绍。

恒定
残余高度
% 刀具平直
多个

图　1-20

1. 恒定

通过指定的距离常数值作为切削的步距值。在用球刀进行精加工时，常使用此参数控制步距。此参数较为直观，但要根据一定的经验给出。

2. 残余高度

通过指定加工后残余材料的高度值来计算切削步距值。事实上，系统只保证在刀具轴线垂直于被加工表面的情况下，残余波峰高度不超过指定值。因此在一个操作中，加工的非陡峭面粗糙度较为均匀，而陡峭表面的粗糙度较大。

3. ％刀具平直

即以刀具直径乘以百分比参数的积作为切削步距值。对于平刀和球刀，刀具直径指的是刀具参数中的直径；对于圆鼻刀，刀具直径指的是刀具参数中的直径减去两个刀角半径的差值。工件的粗加工常用到此参数，一般粗加工可设定切削步距为刀具直径的 50％～75％。

4. 多个

对于双向切削、单向切削、单向带轮廓切削方法，要求指定最大和最小两个切削步距值，系统根据切削区域的总宽度在这两个值之间取一个使刀轨数量最为实际的切削步距。

对于跟随周边切削、跟随工件、轮廓切削和标准切削方法，要求指定多个切削步距值，以及每个切削步距的进给数量。根据多个步距的设定，可使刀轨间距离都按设定的步距大小和刀路数量进行排列。

1.2.7　UG 加工切削层

切削深度参数用于确定多层切削操作中的切削深度，深度由岛屿顶面、底面、平面或者输入的值来确定。确定深度的方法有五种，分别是用户定义、仅底部面、底部面和岛的顶面、岛顶部的层、固定深度，如图 1-21 所示。

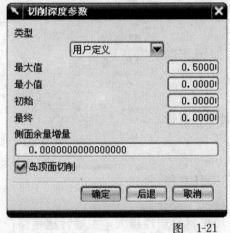

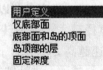

图　1-21

1. 用户定义

用户定义是指允许用户定义切削深度，分多层切削时，包括最大切削深度、最小切削深度、初始层切削深度、最后层切削深度。除初始层和最后层之外的中间各层的深度值在最大切削深度和最小切削深度之间取值。

2. 仅底部面

仅底部面是在底面创建一个唯一的切削层，刀具直接深入到底平面切削。一般用于底部精加工。

3. 底部面和岛的顶面

底部面和岛的顶面是指切削层的位置在岛屿的顶面和底平面，在岛屿的边界内切削毛坯材料。一般用于含岛屿顶面和凹槽底面的二维精加工。

4. 岛顶部的层

岛顶部的层是指切削层的位置在岛屿的顶面。用于岛屿顶面的二维精加工。

5. 固定深度

固定深度是指多层切削时输入一个深度值，以指定每一层的切削深度。这是一种最常用的定义切削层的方法。

6. 侧面余量增量

侧面余量增量用于为多深度平面铣操作的每一个后续切削层增加一个侧面余量，以保持刀具与侧面间的安全距离，减轻刀具深层切削的应力和发热。另外，"侧面余量增量"文本框用于 UG 的平面铣不能直接设置拔模角而进行轮廓加工时，生成想要的拔模角零件。即通过计算切削深度，以一个拔模角产生的斜度的侧向移动量的数值，输入到"侧面余量增量"文本框，便可得到一个带有一定拔模角度的零件。

1.2.8　主轴转速和进给率的设定

主轴转速和进给率是操作的重要参数，对于没有现场加工经验的初学者来说，很难快速给出适当的进给率和主轴转速参数。在实际加工过程中，在数控机床的操作面板上可以适时地对进给率和主轴转速进行调整，所以在编制程序时只要给出大致的参数值即可。当然大致的值不可相差太大。

设置主轴转速和进给率的对话框如图 1-22 所示。

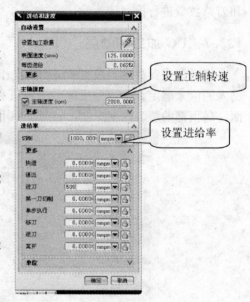

图　1-22

1. 主轴转速

主轴转速的单位为 r/min。可以根据刀具直径大小、刀具材料、零件材料等情况设定。

设置主轴转速一般应参照以下原则：

1）刀具直径越大，主轴转速越低；刀具直径越小，主轴转速越高。

2）加工材料越硬，主轴转速越高；加工材料塑性越大，主轴转速越高；加工材料硬度越大，塑性、韧性越小，主轴转速越低。

2. 进给率

进给率体现在每一条刀轨中，而一条完整的刀轨按刀具运动阶段的先后分别为快进、逼近、进刀、第一刀切削、单步执行、切削、移刀、退刀、返回。在设定所有的进给速度时，如果接受默认值为零，则该速度就是机床控制器内设定的机床快速运动速度。如果设定为一个数值，则在 NC 程式中输出给定的速度值。

1）切削：切削进给的速度。是最重要的切削参数，一般根据经验，综合考虑刀具和被加工材料的硬度及韧性，给出速度值。

2）快进：在非切削状态下的快速换位速度。一般接受默认设置为零。

3）逼近：进入切削前的进给速度。一般可比快速进给速度小一些，也可以设置为零。

4）进刀：进给速度。需要考虑切入时的冲击，应取比剪切更小的速度值。

5）第一刀切削：切入材料后的第一刀切削。需考虑到毛坯表面有一层硬皮，应取比剪切更小的速度值。

6）单步执行：相邻两刀之间的跨过速度。一般可取与剪切相同的速度。如果是提刀跨过，系统会自动使用快速进给的速度。

7）移刀：刀具从一个切削区域转移到另一个切削区域的非切削移动速度。可以取较高的速度值，但最好不要取零值。

8）退刀：离开切削区的速度。可以取与剪切相同的速度；当取零值时，如果是线性退刀，系统就使用快速进给，如果是圆弧退刀，系统就使用剪切速度。

9）离开：退出切削后的进给速度。一般和快速进给速度一样，也可以设置为零。

10）返回：退刀运动完成后的返回运动。一般接受默认设置为零。

1.3 UG NX5.0 数控加工常用技术

1.3.1 平面铣加工技术

1. 平面铣概述

平面铣操作可以创建可去除平面层中的材料量的刀轨，这种操作类型最常用于粗加工，以为精加工操作做准备；也可以用于精加工零件的表面及垂直于底平面的侧面。平面铣可以不做出完整的造型，而只依据二维图形直接生成刀具路径，如图 1-23 所示。

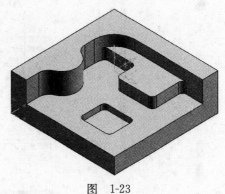

图 1-23

平面铣是一种 2.5 轴的加工方式，它在加工过程中产生水平方向的 XY 两轴联动，而在 Z 轴方向只完成一层加工后进入下一层时才单独进行的动作。通过设置不同的切削方法，平面铣可以完成挖槽及轮廓外形加工。

平面铣可去除那些垂直于刀轴的切削层中的材料。"平面铣"使用边界来定义"部件"材料；用于切削具有竖直壁的部件，以及垂直于刀杆的平面岛和底面。

2. 平面铣的特点

平面铣的特点是刀轴固定，底面是平面，且各侧面垂直底面。

3. 平面铣的应用

平面铣是用于把直壁的、岛屿的顶面和槽腔的底面加工为平面或曲面的零件。

4. 平面铣加工环境

打开文件，进入加工模块。当一个工件首次进入加工模块时，系统将会弹出【加工环境】对话框，如图 1-24 所示。首先要求进行初始化。【CAM 设置】需在制造方式中指定加工设定的默认文件，即要选择一个加工模板集，图示选择【mill_planar】。在

图 1-24

【加工环境】对话框中单击【确定】按钮，系统则根据指定的加工配置，调用平面铣模板和相关的数据进行加工环境的初始化。

5. 平面铣各子类型功能

平面铣各常用子类型功能的说明见表 1-1。

表 1-1　平面铣各常用子类型功能的说明

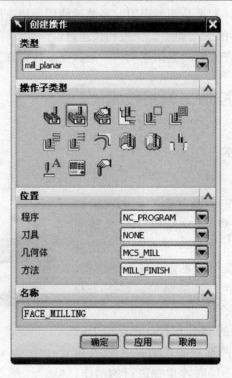

图　标	英　文	中　文	说　明
	FACE-MILLING-AREA	面铣削区域	以面定义切削区域的表面铣
	FACE-MILLING	面铣	用于加工表面几何体
	FACE-MILLING-MANUAL	手工面铣削	切削方法默认设置为手动的表面铣
	PLANAR-MILL	平面铣	用平面定义切削区域，切削到底平面
	PLANAR-PROFILE	平面轮廓铣	默认切削方法为轮廓铣削的平面铣
	ROUGH-FOLLOW	跟随轮廓粗加工	默认切削方法为跟随零件切削的平面铣
	ROUGH-ZIGZAG	往复粗加工	默认切削方法为往复式切削的平面铣
	ROUGH-ZIG	单向粗加工	默认切削方法为单向切削的平面铣
	CLEANUP-CORNERS	清理拐角	与平面铣基本相同，主要用来清理拐角
	FINISH-WALLS	精加工壁	默认切削方法为轮廓铣削，默认深度为只有底面的平面铣

（续）

图　标	英　　文	中　文	说　　明
	FINISH-FLOOR	精加工底部面	默认切削方法为跟随零件铣削，默认深度为只有底面的平面铣
	THREAD-MILLING	螺纹铣削	建立加工螺纹的操作
	PLANAR-TEXT	平面文本铣削	对文字曲线进行雕刻加工
	MILL-CONTROL	铣削控制	建立机床控制操作，添加相关后置处理命令
	MILL-USER	铣削自定义方式	自定义参数建立操作

1.3.2　型腔铣加工技术

1. 型腔铣概述

型腔铣是三轴加工，适用于非直壁的、岛屿的顶面和槽腔的底面为平面或曲面的零件的加工，尤其适用于模具的型腔或型芯，以及其他带有复杂曲面的零件的粗加工。

型腔铣的加工特征是刀路轨迹在同一个高度内完成一层切削，遇到曲面时将绕过，然后下降一个高度进行下一层的切削。系统按照零件在不同深度的截面形状，计算各层的刀路轨迹。可以理解成在一个由轮廓组成的封闭容器内注入液体，在每一个高度上，液体存在的位置均为切削的范围。

型腔铣的原理是：切削刀轨在垂直于刀轴的平面内，通过多层的逐层切削材料的加工方法进行加工。其中每一层刀轨称为一个切削层，每一个刀轨都是二轴刀轨。

2. 型腔铣的特点

型腔铣操作与平面铣一样是在与 XY 平面平行的切削层上创建刀位轨迹，其操作有以下特点：

1）刀轨为层状，切削层垂直于刀杆，一层一层进行切削。

2）采用边界、面、曲线或实体定义刀具切削运动区域（定义部件几何体和毛坯几何体），在实际应用中大多数采用实体。

3）切削效率高，但会在零件表面上留下层状余料，因此型腔铣主要用于粗加工；某些型腔铣操作也可以用于精加工。

4）可以适用于带有倾斜侧壁、陡峭曲面及底面为曲面的工件的粗加工与精加工。典型零件如模具的动模、顶模及各类型框等。

5）刀位轨迹创建容易。只要指定零件几何体与毛坯几何体，即可生成刀轨。

3. 型腔铣的应用

型腔铣用于把非直壁的、岛屿的顶面，以及槽腔的底面加工为平面或曲面的零件。在许多情况下，特别是粗加工，型腔铣可以代替平面铣。型腔铣在数控加工应用中最为广泛，可用于大部分粗加工及有直壁或者斜度不大的侧壁的精加工；通过限定高度值，只作一层，型腔铣也可用于平面的精加工及清角加工等。

4. 型腔铣加工环境

打开文件，进入加工模块。当一个工件首次进入加工模块时，系统将会弹出【加工环境】对话框，如图 1-25 所示。首先要求进行初始化。【CAM 设置】需在制造方式中指定加工设定的默认文件，即要选择一个加工模板集，图示选择【mill _contour】。在【加工环境】对话框中单击【确定】按钮，系统则根据指定的加工配置，调用型腔铣模板和相关的数据进行加工环境的初始化。

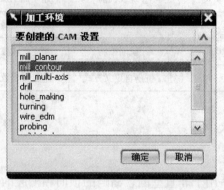

图　1-25

5. 型腔铣各子类型功能

型腔铣各常用子类型功能的说明见表 1-2。

表 1-2　型腔铣各常用子类型功能的说明

（续）

图　标	英　文	中　文	说　明
	CAVITY_MILL	型腔铣	在刀具路径的同一高度内完成一层切削，当遇到曲面时将会绕过，再下降一个高度进行下一层的切削
	PLUNGE_MILL	插铣	每一刀加工只有轴向进给
	CORNER_ROUGH	轮廓粗加工	轮廓清根粗加工，主要对角落进行粗加工
	REST_MILL	剩余铣	对粗加工时留下的余量进行二次开粗
	ZLEVEL_PROFILE	深度加工轮廓铣	等高轮廓铣是一种固定轴铣操作，通过切削多个切削层来加工零件实体轮廓和表面轮廓
	ZLEVEL-CORNER	深度加工拐角	角落等高轮廓铣以等高方式清根加工
	PROFILE_3D	轮廓三维铣	特殊的三维轮廓铣切削类型，其深度取决于边界中的边或曲线，常用于修边
	SOLID_PROFILE_3D	实体轮廓三维铣	特殊的三维轮廓铣切削类型，其深度取决于实体轮廓
	CONTOUR_TEXT	轮廓文本	对文字曲线在轴面或者实体的表面进行雕刻加工
	MILL-CONTROL	机床控制	建立机床控制操作，添加相关后置处理命令
	MILL-USER	自定义方式	自定义参数建立操作

1.3.3　固定轴曲面轮廓铣加工技术

1. 固定轴曲面轮廓铣的概述

固定轴曲面轮廓铣是用于精加工由轮廓曲面形成的区域的加工方式，它允许通过投影矢量以使刀具沿着非常复杂的曲面的复杂轮廓运动，可通过将驱动点投影到部件几何体上来创建刀轨。驱动点是从曲线、边界、面或曲面等驱动几何体生成的，并沿着指定的投影矢量投影到部件几何体上，然后，刀具定位到部件几何体以生成刀轨。

2. 固定轴曲面轮廓铣的特点

1）刀具沿复杂曲面轮廓运动，适用于半精加工和精加工。

2）刀具始终沿一个固定矢量方向采用三轴联动方式切削。

3）通过设置驱动几何体与驱动方式，可产生适合不同场合的刀位轨迹。

4）提供了功能丰富的清根操作。

5）非切削运动设置灵活。

3. 固定轴曲面轮廓铣各子类型功能

固定轴曲面轮廓铣各常用子类型功能的说明见表 1-3。

表 1-3　固定轴曲面轮廓铣各常用子类型功能的说明

图 标	英 文	中 文	说 明
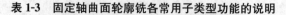	FIXED-CONTOUR	固定轴曲面轮廓铣	基本的固定轴曲面轮廓铣操作，用于以各种驱动方式、包容和切削模式轮廓铣部件或切削区域，刀具轴是＋ZM
	CONTOUR-AREA	区域轮廓铣	与固定轴曲面轮廓铣基本相同，默认设置区域驱动方法
	CONTOUR-AREA-NON-STEEP	轮廓区域非陡峭铣	与固定轴曲面轮廓铣基本相同，默认为非陡峭约束、角度为 65°的区域轮廓铣
	CONTOUR-AREA-STEEP	轮廓区域方向陡峭铣	与固定轴曲面轮廓铣基本相同，默认为陡峭约束、角度为 65°的区域轮廓铣
	CONTOUR-SURFACE-AREA	曲面区域轮廓铣	与固定轴曲面轮廓铣基本相同，默认设置曲面驱动方法
	FLOWCUT-SINGLE	单刀路径清根铣	驱动方法为 Flow Cut 的固定轴曲面轮廓铣，且只创建单一清根路径
	FLOWCUT-MULTIPLE	多刀路径清根铣	驱动方法为 Flow Cut 的固定轴曲面轮廓铣，且创建多道清根路径
	FLOWCUT-REF-TOOL	参考刀具清根铣	驱动方法为 Flow Cut 的固定轴曲面轮廓铣，且可创建多道清根路径，清根驱动方法可选择参考刀具
	FLOWCUT-SMOOTH	光顺清根铣	驱动方法为 Flow Cut 的固定轴曲面轮廓铣，且路径形式可选 Single Pass、Multiple Offsets 或 Reference Tool Offsets

第 2 章　简单的凸模零件加工

2.1　工件分析

如图 2-1 所示，模型的总体尺寸为 180mm×140mm×40mm。此工件是一个心形凸模，比较简单。

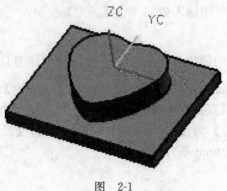

图　2-1

2.2　工艺规划

1. 毛坯

尺寸：180mm×140mm×45mm。

材料：P20（3Cr2Mo）。

2. 工件安装

利用标准垫块使毛坯高于平口虎钳 40mm 以上，再夹紧安装到机床上。

3. 加工坐标原点

XY：分中；Z：工件顶面。

4. 工步安排

本工件的形状较为简单，没有曲面，表面质量没有特别的要求，所以选用一把 $\phi20mm$ 的硬质合金平刀进行开粗加工，然后再利用 $\phi20mm$ 硬质合金平刀进行精加工，再用 $\phi20mm$ 的平刀对上表面进行面铣。

2.3　模型初始设置

1. 打开 UG NX5.0

在桌面上双击 NX5.0 的快捷方式图标，或单击【开始】/【程序】/【UG

NX5.0】/【NX5.0】，进入 UG NX5.0 初始化环境界面。

2. 打开模型文件

在启动界面中，单击打开文件按钮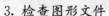，在弹出的对话框中选择
T2-1. prt部件文件，单击【OK】按钮打开 T2-1. prt，如图 2-2 所示。

3. 检查图形文件

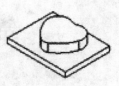

打开图形文件后对模型进行旋转、放大、切换视角，检查模型是否
有缺陷、错误。

图　2-2

4. 确认工件坐标系

把工件坐标系的原点定在工件顶面的对称中心位置处。在【格式】菜单中选【WCS】
中的【原点】，在【坐标】ZC 中输入 25，单击【确定】按钮，完成工件坐标系的设置。

5. 创建刀具

单击【插入】工具条中的创建刀具按钮，弹出【创建刀具】对话框；选择【刀具子
类型】的按钮，在【名称】文本框中输入 D20；单击【确定】按钮，在弹出的【铣刀-5
参数】对话框中设置参数（【直径】为【20】），其他使用默认值，把对话框右边的滚动条向下
拉，继续设置参数，【刀具号】为【1】；【长度补偿】为【1】；【刀具补偿】为【1】），完成后
单击【确定】按钮，完成 ϕ20mm 平刀的创建。

2.4　模型加工步骤

1. 构建毛坯

在 Modeling 环境中，或者通过快捷键 "Ctrl＋M" 利用拉伸功能，选择底面为拉伸对
象，在拉伸对话框内的【方向】中选【反向】，【限制】终点处输入 41，单击【确定】按钮，
即形成一个毛坯。

2. 进入加工模块

利用快捷键 "Ctrl＋Alt＋M"，在弹出的【加工环境】窗口处选择【mill-planar】，然后
单击【确定】按钮。

3. 设置加工方法视图

单击操作导航器按钮，在打开的选项卡中单击右上角的锁定按钮，使其变成
（锁定状态）；在操作导航器选项卡内单击鼠标右键，在弹出的快捷菜单中选择【几何视图】。

4. 设置坐标系

双击操作导航器内的【MCS_MILL】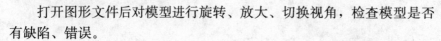，弹出机床坐标系对话框；单击
【指定 MCS】中的按钮，弹出【CSYS】对话框；单击动态按钮，然后单击【确定】按
钮，完成加工坐标系的设置。

5. 粗加工

1) 单击【插入】工具条上的创建操作按钮，在【操作子类型】中选择【PLANAR-
MILL】的图标，单击【确定】按钮。

2）在【平面铣】对话框中的【指定部件边界】拾取"心形"的上表面，如图 2-3 所示；【指定毛坯边界】拾取步骤"构建毛坯"中的长方体中的上表面；"指定底面"拾取"心形"的台阶面，如图 2-4 所示；在【刀具】中选取 D20 的刀；在【刀轨设置】的【方法】中选取【MILL-ROUGH】，【切削模式】中选取【跟随周边】；【切削层】中的【切削深度参数】的【最大值】中输入 2；【切削参数】中的【余量】中的【部件余量】中输入 0.3，单击【确定】按钮。【非切削移动】中的【传递和快递】中的【安全设置选项】中选取"平面"并拾取"心形"的上表面，单击【确定】按钮。【进给和速度】中的【主轴速度】输入 1000。再按【操作】工具条上的生成刀轨按钮，生成刀路，单击【确定】按钮。

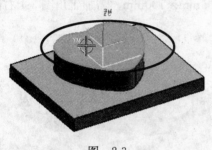

图　2-3

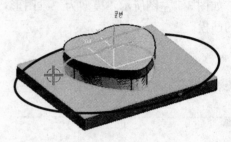

图　2-4

6. 精加工

1）单击操作导航器，在操作导航器中对【PLANAR-MILL】单击右键，选择【复制】。再单击【粘贴】，复制出刀路【PLANAR-MILL】。

2）双击复制出来的刀路【PLANAR-MILL】，在【平面铣】对话框中的【刀轨设置】中的【方法】中选取【MILL-FINISH】，【切削模式】中选取【配置文件】，【切削参数】中的【余量】中的【部件余量】中输入 0，单击【确定】按钮；【进给和速度】中的【主轴速度】输入 1500，单击【确定】按钮；再按【操作】工具条上的生成刀轨按钮，生成刀路，单击【确定】按钮。

7. 面铣

1）单击【插入】工具条上的创建操作按钮，在【操作子类型】中选择【FACE-MILL-AREA】的图标，单击【确定】按钮。

2）在【Face Mill Area】对话框中的【几何体】的【指定部件】的【部件几何体】中选择【全选】，单击【确定】按钮，【指定切削区域】拾取"心形"上表面，单击【确定】按钮；在【刀具】中选取 D20 的刀，【切削模式】中选取【往复】，【进给和速度】中的【主轴速度】输入 1000；再按【操作】工具条上的生成刀轨按钮，生成刀路，单击【确定】按钮。

第3章 凸模加工

3.1 工件分析

如图 3-1 左图所示，模型为二维图形，尺寸是 165mm×100mm，需加工出图 3-1 右图所示的凸模。

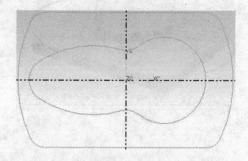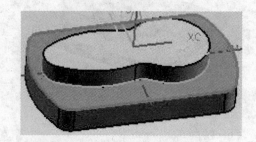

图 3-1

3.2 工艺规划

1. 毛坯

尺寸：165mm×100mm×36mm。

材料：P20。

2. 工件安装

利用标准垫块使毛坯高于平口虎钳 20mm 以上，再夹紧安装到机床上。

3. 加工坐标原点

XY：分中；Z：工件顶面。

4. 工步安排

本工件的形状较为简单，最窄处的半径为 16mm，表面质量没有特别的要求，所以选用一把 ϕ20mm 的硬质合金平刀进行开粗加工，然后再利用 ϕ20mm 硬质合金平刀进行精加工，再用 ϕ20mm 的平刀来对表面进行面铣。

3.3 模型初始设置

1. 打开 UG NX5.0

在桌面上双击 NX5.0 的快捷方式图标，或单击【开始】/【程序】/【UG

NX5.0】/【NX5.0】，进入 UG NX5.0 初始化环境界面。

2. 打开模型文件

在启动界面中，单击打开文件按钮 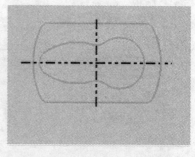，在弹出的对话框中选择 T2-2.prt 部件文件，单击【OK】按钮打开 T2-2.prt，如图 3-2 所示。

3. 检查图形文件

打开图形文件后对模型进行旋转、放大、切换视角，检查模型是否有缺陷、错误。

4. 创建三维图形

图　3-2

在建模环境中，利用拉伸功能，在【曲线规则】中选择"相连曲线"，再拾取内曲线为拉伸对象，【限制】终点处输入 15，单击【确定】按钮，如图 3-3 所示。再次利用拉伸功能，在【曲线规则】中选择"相连曲线"，再拾取外曲线为拉伸对象，在拉伸对话框内的【方向】中选"反向"，【限制】终点处输入 20，单击【确定】按钮，如图 3-4 所示。

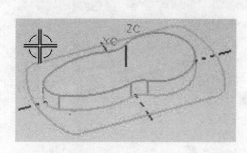

图　3-3

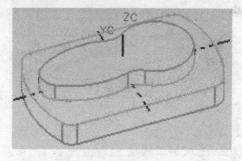

图　3-4

5. 确认工件坐标系

把工件坐标系原点移动到工件顶面的中心位置处，在【格式】菜单中选【WCS】中的【原点】，在【坐标】ZC 中输入 15，单击【确定】按钮，完成工件坐标系的设置。

6. 创建刀具

单击【插入】工具条中的创建刀具按钮 ，弹出【创建刀具】对话框，选择【刀具子类型】的按钮 ，在【名称】文本框中输入 D20，单击【确定】按钮；在弹出的【铣刀-5 参数】对话框中设置参数（【直径】为【20】；其他使用默认值，把对话框中的右边滚动条向下拉，继续设置参数，【刀具号】为【1】；【长度补偿】为【1】；【刀具补偿】为【1】），完成后单击【确定】按钮，完成 φ20mm 平刀的创建。

3.4　模型加工步骤

1. 构建毛坯

在建模环境中，利用拉伸功能，在【曲线规则】中选择"面的边"，拾取底面为拉伸对象，并在拉伸对话框内的【方向】中选"反向"，【限制】终点处输入 36，如图 3-5 所示；单击【确定】按钮，形成一个毛坯，如图 3-6 所示。

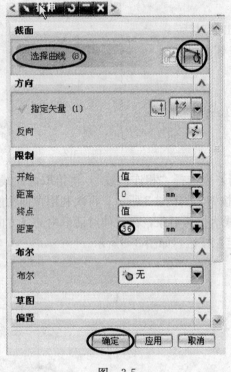

图　3-5

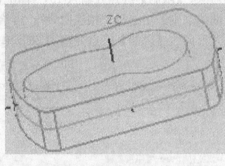

图　3-6

2. 进入加工模块

利用快捷键"Ctrl＋Alt＋M"进入加工模块。在弹出的【加工环境】窗口处选择平面铣【mill-planar】，然后单击【确定】按钮。

3. 设置加工方法视图

单击操作导航器按钮，在打开的选项卡中单击右上角的锁定按钮，使其变成（锁定状态）；在操作导航器选项卡内单击鼠标右键，在弹出的快捷菜单中选择【几何视图】。

4. 设置坐标系

双击操作导航器内的【MCS_MILL】MCS_MILL，弹出机床坐标系对话框；单击【指定 MCS】中的按钮，弹出【CSYS】对话框；单击动态按钮，然后单击【确定】按钮，完成加工坐标系的设置。

5. 粗加工

1) 单击【插入】工具条上的创建操作按钮，在【操作子类型】中选择【PLANAR-MILL】的图标，单击【确定】按钮。

2) 在【平面铣】对话框中的【指定部件边界】拾取零件的上表面，如图 3-7 所示；【指定毛坯边界】拾取步骤"构建毛坯"中的长方体中的上表面；【指定底面】拾取零件的台阶面，如图 3-8 所示；在【刀具】中选取 D20 的刀；在【刀轨设置】的【方法】中选取【MILL-ROUGH】，【切削模式】中选取【跟随周边】；【切削层】中的【切削深度参数】的

【最大值】中输入2。【切削参数】中的【余量】中的【部件余量】中输入0.3,单击【确定】按钮。【非切削移动】中的【传递和快递】中的【安全设置选项】中选取"平面"并拾取零件的上表面,单击【确定】按钮。【进给和速度】中的【主轴速度】输入1000。再按【操作】工具条上的生成刀轨按钮 ，生成刀路,单击【确定】按钮。

图 3-7

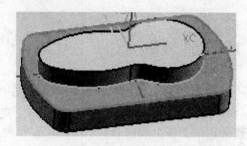
图 3-8

6. 精加工

1) 单击操作导航器,复制刀路【PLANAR-MILL】,再粘贴,如图3-9所示。

2) 双击复制的刀路【PLANAR-MILL】,在【平面铣】对话框中的【刀轨设置】中的【方法】中选取【MILL-FINISH】,【切削模式】中选取【配置文件】,【切削参数】中的【余量】中的【部件余量】中输入0,单击【确定】按钮;【进给和速度】中的【主轴速度】输入1500,单击【确定】按钮;再按【操作】工具条上的生成刀轨按钮 ，生成刀路,单击【确定】按钮。

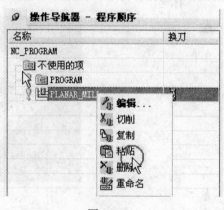
图 3-9

7. 面铣

1) 单击【插入】工具条上的创建操作按钮,在【操作子类型】中选择【FACE-MILL-AREA】的图标 ，单击【确定】按钮。

2) 在【Face Mill Area】对话框中的【几何体】的【指定部件】的【部件几何体】中选择【全选】,单击【确定】按钮,【指定切削区域】拾取零件上表面,单击【确定】按钮;在【刀具】中选取D20的刀,【切削模式】中选取【往复】,【进给和速度】中的【主轴速度】输入1000;再按【操作】工具条上的生成刀轨按钮 ，生成刀路,单击【确定】按钮。

第4章 凹模加工

4.1 工件分析

如图 4-1 所示，模型的总体尺寸为 350mm×230mm×55mm。其中凹槽的深度分别为 —15mm 和—30mm，模型的最小圆角为 8mm。在凹槽底面有 4 个通孔，直径为 13mm，需要铰削；在工件上表面有 4 个通孔，直径为 30mm，需要铰削；在工件的下表面将 8 个需要铰削的孔分别锪 4 个深度为 13mm、直径为 20mm 的沉孔和锪 4 个深度为 8mm、直径为 36mm 的沉孔；另外，工件的下表面还有 4 个孔，深度为 7mm，直径为 14mm。

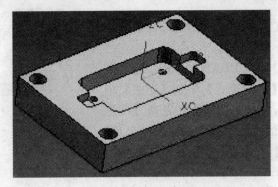

图 4-1

4.2 工艺规划

1. 毛坯
尺寸：350mm×230mm×55mm。
材料：P20。
2. 工件安装
利用标准垫块使毛坯高于平口虎钳 10mm 以上，再夹紧安装到机床上。
3. 加工坐标原点
XY：分中；Z：工件顶面。
4. 工步安排
本工件的形状较为复杂，没有特别小的圆角，表面质量也没有特别的要求。工步安排如下：
1）选用 φ16mm 的硬质合金镶刀片平刀进行开粗加工，然后用 φ16mm 平刀对凹槽进行精加工。具体的加工工步见表 4-1。

表 4-1　型腔铣加工工步

序　号	加工内容	进给方式	刀　具	转速/(r/min)	进给速度/(mm/min)
01	型腔开粗加工	型腔铣	φ16mm 平刀	1000	500
02	型腔精加工	型腔铣	φ16mm 平刀	1500	300

2) 选用 φ6mm 的中心钻钻工件上面 8 处中心孔，然后利用 φ29.8mm 的麻花钻钻工件上表面 4 处 φ30mm 的通孔，用 φ12.8mm 的麻花钻钻凹槽下表面 4 处 φ13mm 的通孔，再分别用 φ30mm、φ13mm 的铰刀铰削。具体的加工工步见表 4-2。

表 4-2　点位加工工步

序　号	加工内容	刀　具	加工位置选择	循环方式	循环组参数设置			
					组数	切削深度/mm	暂停时间/s	进给速度/(mm/min)
1	钻 8 处中心孔	φ6mm 中心钻	面上所有孔	标准钻	2	2	2	100
2	钻 4 处 φ29.8mm 通孔	φ29.8mm 麻花钻	面上所有孔	断屑钻	1	通过底面	2	200
3	钻 4 处 φ12.8mm 通孔	φ12.8mm 麻花钻	面上所有孔	断屑钻	1	通过底面	2	200
4	铰 4 处 φ30mm 通孔	φ30mm 铰刀	面上所有孔	标准钻	1	通过底面	2	30
5	铰 4 处 φ13mm 通孔	φ13mm 铰刀	面上所有孔	标准钻	1	通过底面	2	30

3) 将工作坐标系与加工坐标系旋转并移到工件下表面，在 φ13mm 的孔上面分别锪一个深度为 13mm、直径为 20mm 的沉孔；在 φ30mm 的孔上面分别锪一个深度为 8mm、直径为 36mm 的沉孔；然后用 φ6mm 的中心钻钻工件上面 4 处中心孔，再用 φ14mm 的麻花钻钻工件上表面 4 处直径为 30mm、深度为 7mm 的孔。具体的加工工步见表 4-3。

表 4-3　点位加工工步（坐标系旋转后）

序　号	加工内容	刀　具	加工位置选择	循环方式	循环组参数设置			
					组数	切削深度/mm	暂停时间/s	进给速度/(mm/min)
1	锪平 φ20mm	φ20mm 平底锪钻	类选择	标准沉孔钻	1	13	4	100
2	锪平 φ36mm	φ36mm 平底锪钻	类选择	标准沉孔钻	1	8	4	100
3	钻 4 处中心孔	φ6mm 中心钻	类选择	标准钻	1	2	2	100
4	钻 4 处 φ14mm 孔	φ14mm 麻花钻	类选择	断屑钻	1	7	2	200

4.3   模型初始设置

4.3.1   打开模型文件

1. 打开 UG NX5.0

在桌面上双击 NX5.0 的快捷方式图标![icon]，或单击【开始】/【 程序】/【UG NX5.0】/【NX5.0】，进入 UG NX5.0 初始化环境界面，如图 4-2 所示。

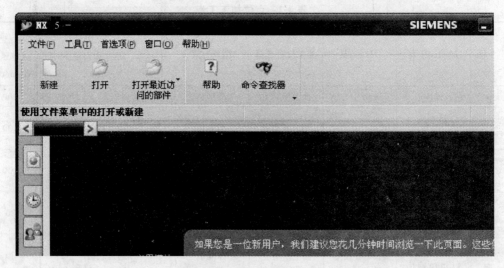

图   4-2

2. 打开模型文件

在启动界面中，单击打开文件按钮![icon]，在弹出的对话框中选择 T3-1. prt 部件文件，如图 4-3 所示，单击【OK】按钮打开 T3-1. prt。

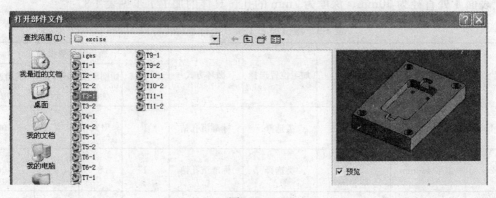

图   4-3

3. 检查图形文件

打开图形文件后，对模型进行旋转、放大、切换视角，检查模型是否有缺陷、错误。

4. 确认工件坐标系

当前模型的坐标系已经符合以上要求，不需对其进行调整。

4.3.2　进入加工模组设置初始化

1. 进入加工模块

具体操作步骤如图 4-4 所示。

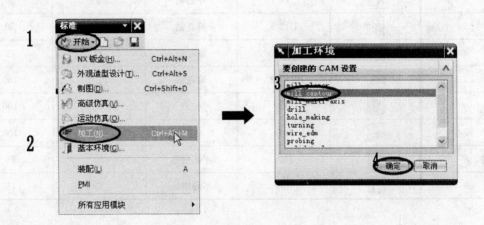

图　4-4

2. 设置加工坐标系

双击操作导航器内的【MCS_MILL】 MCS_MILL，弹出机床坐标系对话框；单击【指定 MCS】中的按钮，弹出【CSYS】对话框；单击动态按钮，然后单击【确定】按钮，完成加工坐标系的设置。

3. 创建刀具

1）创建 ϕ16mm 平刀。在工具条快捷图标中，单击创建刀具按钮，弹出【创建刀具】对话框，选择【类型】中的【mill_planar】，再选择【刀具子类型】的按钮，在【名称】文本框中输入 D16，单击【确定】按钮；在弹出的【Milling Tool-5 Parameters】对话框中设置参数（【直径】为【16】，其他使用默认值；把对话框中的右边滚动条向下拉，继续设置参数【刀具号】为【1】，【长度补偿】为【1】，【刀具补偿】为【1】），完成后单击【确定】按钮，完成 ϕ16mm 平刀的创建。

2）创建 ϕ6mm 中心钻。在工具条快捷图标中，单击创建刀具按钮，弹出【创建刀具】对话框，选择【类型】中的【drill】，再选择【刀具子类型】的按钮，在【名称】文本框中输入 D6，单击【确定】按钮；在弹出的【Milling Tool-5 Parameters】对话框中设置参数（【直径】为【6】，其他使用默认值；把对话框中的右边滚动条向下拉，继续设置参数【刀具号】为【2】，【长度补偿】为【2】，【刀具补偿】为【2】），完成后单击【确定】按钮，完成 ϕ6mm 中心钻的创建。

3）按照同样的方法，分别创建好 3、4、5、6、7、8、9 把钻削刀具，名称和参数见表 4-4。

表 4-4　创建刀具参数表

刀　　号	子类型图标	名　　称	类　　型	刀具直径/mm	有效长度/mm
1		D16	平刀	16	75
2		D6	中心钻	6	50
3		D12.8	麻花钻	12.8	50
4		D14	麻花钻	14	75
5		D29.8	麻花钻	29.8	100
6		D13	铰刀	13	100
7		D30	铰刀	30	100
8		D20	平底锪钻	20	75
9		D36	平底锪钻	36	75

4.4　型腔开粗加工

4.4.1　选择加工方式

具体操作步骤如图 4-5 所示。

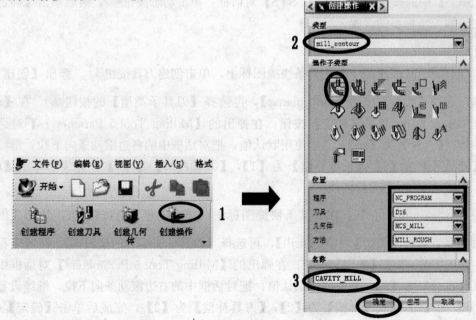

图　4-5

4.4.2 设置型腔铣加工参数

1. 指定部件

单击【型腔铣】中【指定部件】右侧的按钮，在【部件几何体】中选中毛坯或者选【全选】，再按【确定】按钮，如图 4-6 所示。

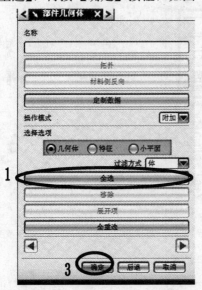
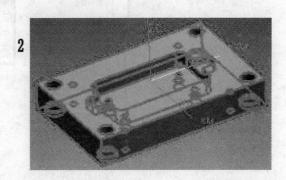

图 4-6

2. 指定切削区域

单击【型腔铣】中【指定切削区域】右侧的按钮，弹出【切削区域】对话框，具体操作步骤如图 4-7 所示。

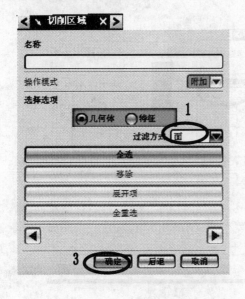
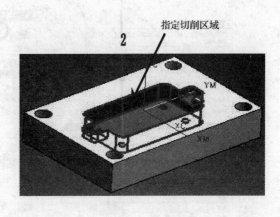

指定切削区域

图 4-7

3. 设置刀轨参数

具体操作步骤如图 4-8 所示。

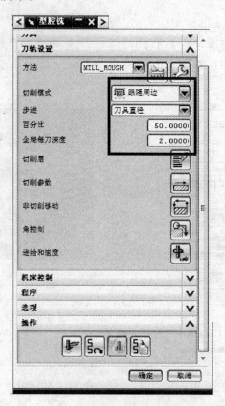

图　4-8

4. 设置切削参数

具体操作步骤如图 4-9 所示。

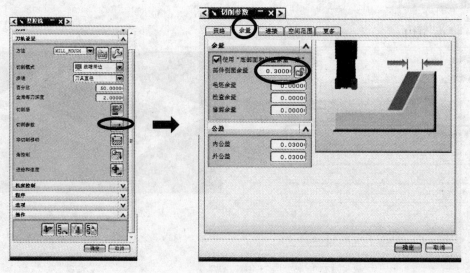

图　4-9

5. 设置进给和速度参数

具体操作步骤如图 4-10 所示。

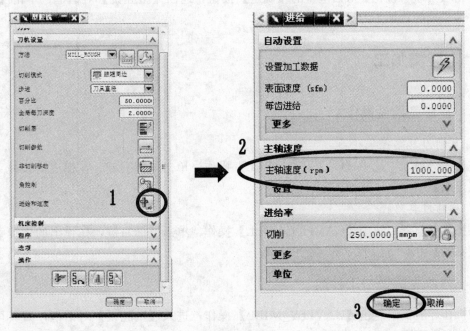

图 4-10

6. 生成刀具轨迹

单击【型腔铣】对话框中的生成刀轨按钮，生成如图 4-11 所示的刀具轨迹。

7. 模拟切削

单击【型腔铣】对话框中的确认按钮，弹出【刀轨可视化】对话框；单击【3D 动态】选项卡，把对话框中的右边滚动条向下拉，单击【动画速度】选项下的播放按钮，此时绘图区域内会出现刀具模拟切削活动，完成后的图形如图 4-12 所示。

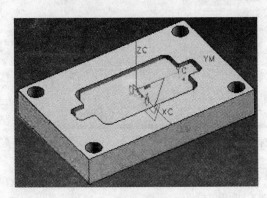

图 4-11

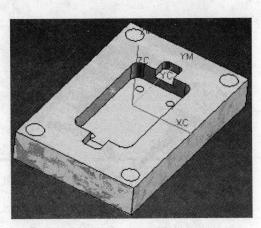

图 4-12

8. 完成型腔铣加工刀具轨迹的创建

单击【刀轨可视化】对话框中的【确定】按钮，返回【型腔铣】对话框；单击【确定】按钮，完成型腔铣加工刀具轨迹的创建。

4.5　型腔精加工

4.5.1　复制型腔铣操作

1. 复制刀具路径

在操作导航器中选中【CAVITY_MILL】操作，单击鼠标右键，在弹出的快捷菜单中选择【复制】。

2. 粘贴刀具路径

在操作导航器中选中【CAVITY_MILL】操作，单击鼠标右键，在弹出的快捷菜单中选择【粘贴】。

4.5.2　修改型腔铣加工参数

在操作导航器中双击【CAVITY_MILL】操作，进入【型腔铣】对话框，刀具可不更换，刀轨参数不变。

1. 修改切削参数

具体操作步骤如图 4-13 所示，将【部件侧面余量】改为 0。

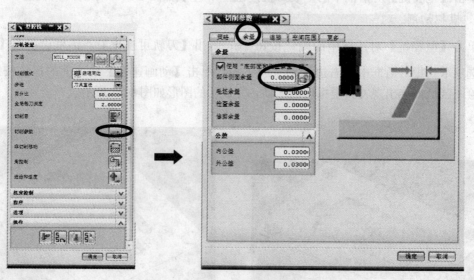

图　4-13

2. 修改进给和速度参数

具体操作步骤如图 4-14 所示，将【主轴速度】改为 1500r/min。

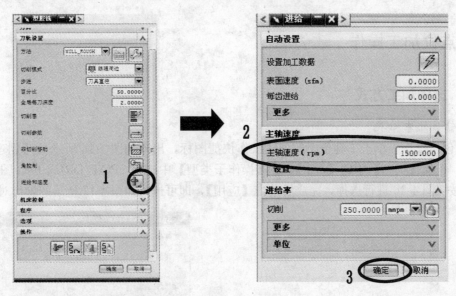

图　4-14

3. 生成刀具轨迹

单击【型腔铣】对话框中的生成刀轨按钮 。

4. 模拟切削

单击【型腔铣】对话框中的确认按钮 ，弹出【刀轨可视化】对话框，单击【3D 动态】选项卡，把对话框中的右边滚动条向下拉，单击【动画速度】选项下的播放按钮 ，此时绘图区域内会出现刀具模拟切削活动，完成后的图形如图 4-15 所示。

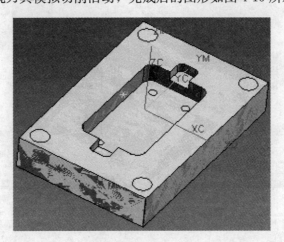

图　4-15

5. 完成型腔铣加工刀具轨迹的创建

单击【刀轨可视化】对话框中的【确定】按钮，返回【型腔铣】对话框，单击【确定】按钮，完成型腔铣加工刀具轨迹的创建。

4.6　点位加工操作

4.6.1　选择加工方式

1. 钻 8 处中心孔

1) 创建操作。单击工具条中的创建操作快捷图标，出现如图 4-16 所示的【创建操作】对话框，选择【类型】中的【drill】，在【操作子类型】中选择 SPOT_DRILLING 图标，其他选项按照图 4-16 进行选择，完成后单击【应用】，即可进入如图 4-17 所示的操作对话框。

图　4-16

图　4-17

2) 选择加工孔位置。

① 在如图 4-17 所示【SPOT_DRILLING】对话框中，单击【指定孔】右侧的按钮 ，便进入如图 4-18 所示的【点到点几何体】对话框；单击【选择】，进入如图 4-19 所示的对话框；单击【Cycle 参数组-1】，出现如图 4-20 所示的对话框；单击【参数组 1】，确定后返回到图 4-21 所示的对话框；单击【面上所有孔】，在视图窗口中选中主模型的顶面，出现如图 4-22 所示的对话框，单击【确定】按钮即可。

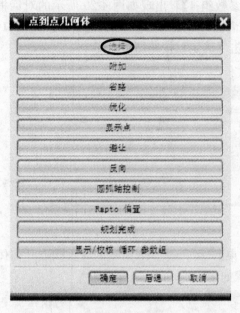

图　4-18

图　4-19

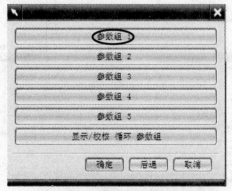

图　4-20

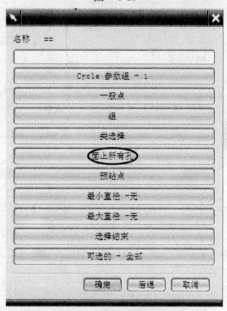

图　4-21

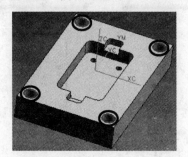

图　4-22

② 在图 4-21 所示的对话框中，单击【Cycle 参数组-1】，出现如图 4-20 所示的对话框；单击【参数组 2】，确定后返回到图 4-21 所示的对话框；单击【面上所有孔】，在视图窗口中选中凹槽底面，出现如图 4-23 所示的对话框，单击【确定】按钮即可。

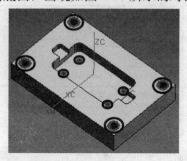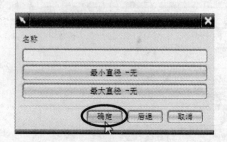

图　4-23

③ 在图 4-21 所示的对话框中，单击【选择结束】，回到图 4-18 所示的【点到点几何体】对话框；接着优化加工孔的路径，其具体操作步骤如图 4-24 所示。

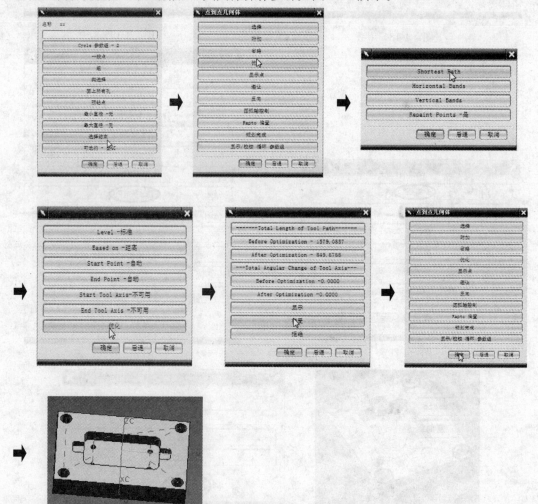

图　4-24

3）选择循环方式和设置参数组。

① 在图 4-17 所示【SPOT_DRILLING】对话框中，选择【标准钻】循环方式，单击【编辑参数】，进入如图 4-25 所示的【指定参数组】对话框，系统自动显示【Number of Sets】为 2；单击【确定】按钮，进入如图 4-26 所示【Cycle 参数】对话框，参考表 4-2 所示，指定模型深度为 2mm、进给速度为 100mm/min、暂停时间为 2s 和退刀距离为 3mm，主轴转速为 500r/min，这样就完成了循环参数组 1 的设置。

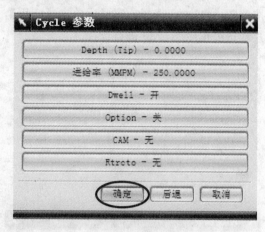

图　4-25

图　4-26

② 系统进入如图 4-27 所示【Cycle 参数】对话框时，单击【复制上一组参数】，可指定循环参数组 2 和循环参数组 1 的内容完全相同。

4）生成刀具轨迹。单击【SPOT_DRILLING】对话框中的生成刀轨按钮。

5）模拟切削。单击【型腔铣】对话框中的确认按钮，弹出【刀轨可视化】对话框；单击【3D 动态】选项卡，把对话框中的右边滚动条向下拉，单击【动画速度】选项下的播放按钮，此时绘图区域内会出现刀具模拟切削活动；完成后的图形如图 4-28 所示。

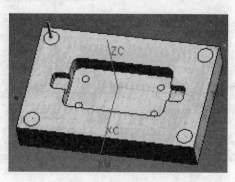

图　4-27

图　4-28

6）完成钻中心孔加工刀具轨迹的创建。单击【刀轨可视化】对话框中的【确定】按钮，返回【SPOT_DRILLING】对话框，单击【确定】按钮，完成中心孔加工刀具轨迹的创建。

2. 钻 8 处深孔

（1）钻上表面 4 处深孔

1）创建操作。单击工具条中的创建操作快捷图标，出现如图 4-29 所示的【创建操作】对话框，选择【类型】中的【drill】，在【操作子类型】中选择 DRILLING 图标，其他选项按照图 4-29 进行选择，完成后单击【应用】，即可进入如图 4-30 所示的【钻】操作对话框，其他选项按照图 4-30 进行选择。

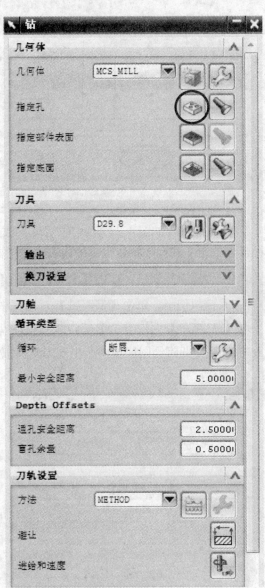

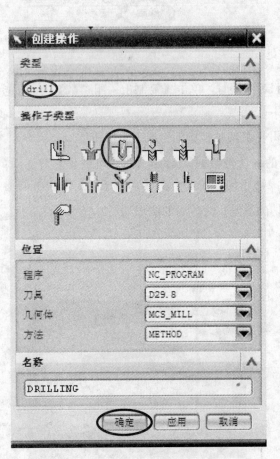

图　4-29　　　　　　　　　　　　　　　　图　4-30

2）选择加工孔位置。

① 在如图 4-30 所示【钻】对话框中，单击【指定孔】右侧的按钮，便进入如图 4-18 所示的【点到点几何体】对话框；单击【选择】，进入如图 4-19 所示的对话框；单击【面上所有孔】，在视图窗口中选中主模型顶面，出现图 4-31 所示模型；单击【确定】按钮即可。

② 在如图 4-21 所示的对话框中，单击【选择结束】，回到如图 4-18 所示的【点到点几何体】对话框；接着优化加工孔的路径，其具体操作步骤可参照图 4-24。

3）设置进给和速度参数。具体参数按图 4-32 进行设置。

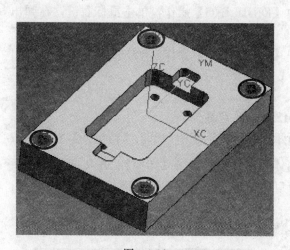

图 4-31

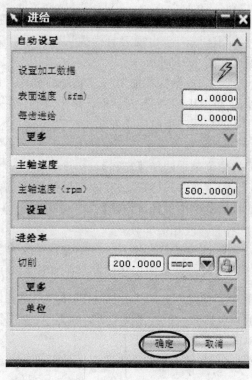

图 4-32

4）选择循环方式和设置参数组。在如图 4-30 所示【钻】对话框中，选择【断屑钻】循环方式，单击【编辑参数】，进入如图 4-33 所示的【指定参数组】对话框，系统自动显示【Number of Sets】为 1；单击【确定】按钮，进入如图 4-26 所示【Cycle 参数】对话框；参考表 4-2，单击【Depth】选项，在出现的【Cycle 深度】对话框中单击【穿过地面】选项，

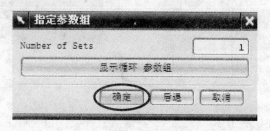

图 4-33

进给速度为 200mm/min、暂停时间为 2s、退刀距离为 3mm，主轴转速为 500r/min，这样就完成了循环参数组 1 的设置。

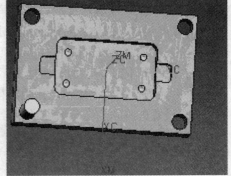

5）生成刀具轨迹。单击【DRILLING】对话框中的生成刀轨按钮 ⚒ 即可。

6）模拟切削。单击【DRILLING】对话框中的确认按钮 ⬛，弹出【刀轨可视化】对话框；单击【3D动态】选项卡，并把对话框中右边的滚动条向下拉，单击【动画速度】选项下的播放按钮 ▶，此时绘图区域内会出现刀具模拟切削活动。完成后的图形如图 4-34 所示。

图　4-34

7）完成钻深孔加工刀具轨迹的创建。单击【刀轨可视化】对话框中的【确定】按钮，返回【DRILLING】对话框，单击【确定】按钮，完成钻深孔加工刀具轨迹的创建。

（2）钻凹槽底面 4 处深孔

1）复制刀具路径。在操作导航器中选中【DRILLING】操作，单击鼠标右键，在弹出的快捷菜单中选择【复制】。

2）粘贴刀具路径。在操作导航器中选中【DRILLING】操作，单击鼠标右键，在弹出的快捷菜单中选择【粘贴】。

3）修改相关参数。

① 修改刀具。将 D29.8 的麻花钻改为 D12.8 的麻花钻。

② 修改选择加工孔位置。在如图 4-30 所示【钻】对话框中，单击【指定孔】右侧的按钮 ◈，便进入如图 4-18 所示的【点到点几何体】对话框；单击【选择】，进入如图 4-19 所示的对话框；单击【面上所有孔】，在视图窗口中选中主模型的凹槽底面，如图 4-35 所示；单击【确定】按钮即可。

4）其他参数和钻上表面 4 处深孔一样。模拟切削的结果如图 4-36 所示。

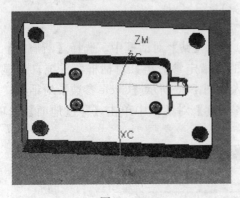

图　4-35

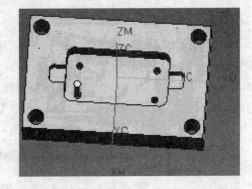

图　4-36

3. 铰 8 处深孔

（1）铰上表面 4 处深孔

1）创建操作。单击工具条创建操作快捷图标，出现如图 4-37 所示的【创建操作】对话框，选择【类型】中的【drill】，在选择【操作子类型】中选择 REAMING 图标，其他选项按照图 4-37 进行选择，完成后单击【应用】，即可进入如图 4-38 所示的【REAMING】操作对话框；其他选项按照图 4-38 进行选择。

图 4-37

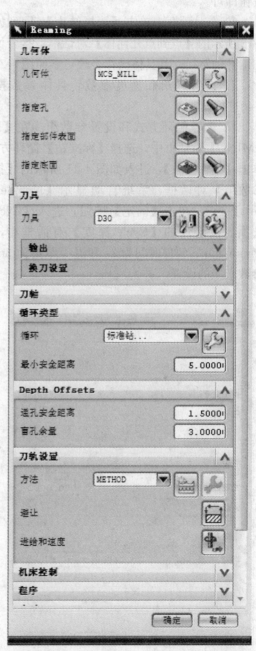

图 4-38

2）选择加工孔位置。

① 在如图 4-38 所示【REAMING】对话框中，单击【指定孔】右侧的按钮 ，便进入如图 4-18 所示的【点到点几何体】对话框；单击【选择】，进入如图 4-19 所示的对话框；

单击【面上所有孔】，在视图窗口中选中主模型顶面，出现如图 4-39 所示模型；单击【确定】按钮即可。

② 在对话框中单击【选择结束】，回到如图 4-18 所示的【点到点几何体】对话框；接着优化加工孔的路径，其具体操作步骤可参照图 4-24。

3）设置进给和速度参数。具体参数按图 4-40 进行设置。

4）选择循环方式和设置参数组。在【REAMING】对话框中，选择【标准钻】循环方式，单击【编辑参数】，进入如图 4-41 所示的【指定参数组】对话框，系统自动显示【Number of Sets】为 1；单击【确定】按钮，进入【Cycle 参数】对话框；参考表 4-2，单击【Depth】选项，在出现的【Cycle 深度】对话框中，单击【穿过底面】选项，设置进给速度为 30mm/min、暂停时间为 2s 和退刀距离为 3mm，主轴转速为 50r/min，这样就完成了循环参数组 1 的设置。

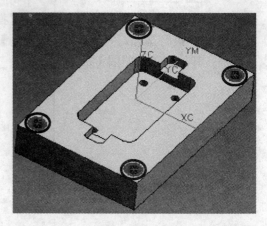

图　4-39

图　4-40　　　　　　　　　　　　　　图　4-41

5）生成刀具轨迹。单击【REAMING】对话框中的生成按钮 即可。

6）模拟切削。单击【REAMING】对话框中的确认按钮 ，弹出【刀轨可视化】对话

框；单击【3D动态】选项卡，并把对话框中右边的
滚动条向下拉，单击【动画速度】选项下的播放按
钮 ▶ ，此时绘图区域内会出现刀具模拟切削活动。
完成后的图形如图 4-42 所示。

7）完成铰深孔加工刀具轨迹的创建。单击【刀
轨可视化】对话框中的【确定】按钮，返回【RE-
AMING】对话框；单击【确定】按钮，完成铰深孔
加工刀具轨迹的创建。

（2）铰凹槽底面 4 处深孔

1）复制刀具路径。在操作导航器中选中【RE-
AMING】操作，单击鼠标右键，在弹出的快捷菜单中选择【复制】。

2）粘贴刀具路径。在操作导航中选中【REAMING】操作，单击鼠标右键，在弹出的
快捷菜单中选择【粘贴】。

3）修改相关参数

① 修改刀具。将 D30 的铰刀改为 D13 的铰刀。

② 修改选择加工孔位置。在【REAMING】对话框中，单击【指定孔】右侧的按钮 ，
便进入如图 4-18 所示的【点到点几何体】对话框；单击【选择】，进入如图 4-19 所示的对
话框；单击【面上所有孔】，在视图窗口中选中主模型凹槽底面，如图 4-43 所示，单击【确
定】按钮即可。

4）其他参数和铰上表面 4 处深孔一样。模拟切削的结果如图 4-44 所示。

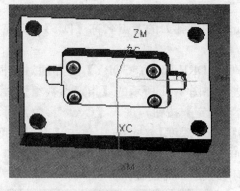

图 4-43

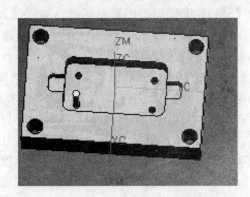

图 4-44

4.6.2 下底面的点位加工

1. 将工作坐标系与加工坐标系旋转并移到工件下表面

1）单击工具栏中的【格式】选中【WCS】中的【旋转】，将工作坐标系移至工件下表面，
并将角度旋转 180°，如图 4-45 所示，再单击工具栏中的【格式】，选中【WCS】中的【保存】。

2）双击操作导航器内的【MCS_MILL】 MCS_MILL，弹出机床坐标系对话框；单
击【指定 MCS】中的按钮 ，弹出【CSYS】对话框；单击动态按钮 ，然后单击【确定】

按钮，使加工坐标系和工作坐标系重合，如图 4-46 所示。

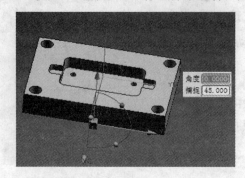

图　4-45

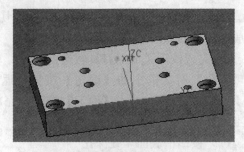

图　4-46

2. 锪平 ϕ36mm

1）复制刀具路径。在操作导航器中选中【SPOT_DRILLING】操作，单击鼠标右键，在弹出的快捷菜单中选择【复制】。

2）粘贴刀具路径。在操作导航器中选中【RE-AMING_COPY】操作，单击鼠标右键，在弹出的快捷菜单中选择【粘贴】。

3）修改相关参数

① 重新指定要加工的孔位置，如图 4-47 所示。

② 双击【SPOT_DRILLING_COPY】操作，出现【SPOT_DRILLING】对话框；展开【刀具】选

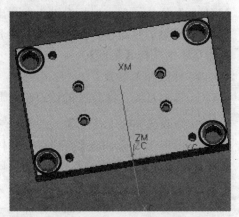

图　4-47

项，在【刀具】的下拉列表中选择前面创建的 36mm 的锪孔刀的节点名称【D36】，即完成了刀具的重新选择。

③ 修改循环方式和设置参数组。返回到【SPOT_DRILLING_COPY】主界面对话框，选择【标准钻】循环方式，单击编辑参数按钮，进入如图 4-41 所示的【指定参数组】对话框，系统自动显示【Number of Sets】为 1；单击【确定】按钮，进入【Cycle 参数】对话框；参考表 4-2，单击【Depth】选项，在出现的【Cycle 深度】对话框中单击【刀肩深度】选项，在其文本框中输入 8，设置进给速度为 100mm/min、暂停时间为 2s 和退刀距离为 1.5mm，主轴转速为 500r/min，这样就完成了循环参数组 1 的设置。

④ 生成刀具轨迹。单击【SPOT_DRILLING_COPY】对话框中的生成按钮 ⚡ 即可。

⑤ 模拟切削。单击【SPOT_DRILLING_COP-Y】对话框中的确认按钮 🔧，弹出【刀轨可视化】对话框；单击【3D 动态】选项卡，并把对话框中右边的滚动条向下拉，单击【动画速度】选项下的播放按钮 ▶，此时绘图区内会出现刀具模拟切削活动。完成后的图形如图 4-48 所示。

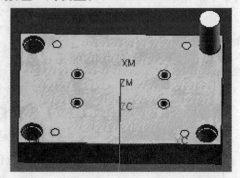

图　4-48

⑥ 完成锪 ϕ36mm 孔加工刀具轨迹的创建。单击【刀轨可视化】对话框中的【确定】按钮，返回【SPOT_DRILLING_COPY】对话框；单击【确定】按钮，完成锪 ϕ36mm 孔加工刀具轨迹的创建。

3. 锪平 ϕ13mm

1）复制刀具路径。在操作导航器中选中【SPOT_DRILLING】操作，单击鼠标右键，在弹出的快捷菜单中选择【复制】。

2）粘贴刀具路径。在操作导航器中选中【SPOT_DRILLING_COPY】操作，单击鼠标右键，在弹出的快捷菜单中选择【粘贴】。

3）修改相关参数。

① 重新指定要加工的孔位置，如图 4-49 所示。

② 双击【SPOT_DRILLING_COPY_1】操作，

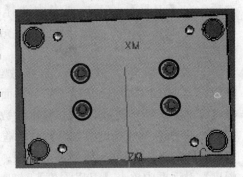

图 4-49

出现一个【SPOT_DRILLING】对话框；展开【刀具】选项，在【刀具】的下拉列表中选择前面创建的 13mm 的锪孔刀的节点名称【D13】，即完成了刀具的重新选择。

③ 修改循环方式和设置参数组。返回到【SPOT_DRILLING_COPY_1】主界面对话框，选择【标准钻】循环方式，单击编辑参数按钮，进入如图 4-41 所示的【指定参数组】对话框，系统自动显示【Number of Sets】为 1；单击【确定】按钮，进入【Cycle 参数】对话框；参考表 4-2 所示，单击【Depth】选项，在出现的【Cycle 深度】对话框中单击【刀肩深度】选项，在其文本框中输入 13，设置进给速度为 100mm/min、暂停时间为 2s 和退刀距离为 1.5mm，主轴转速为 500r/min，这样就完成了循环参数组 1 的设置。

④ 生成刀具轨迹。单击【SPOT_DRILLING_COPY_1】对话框中的生成按钮 即可。

⑤ 模拟切削。单击【SPOT_DRILLING_COPY_1】对话框中的确认按钮 ，弹出【刀轨可视化】对话框；单击【3D 动态】选项卡，并把对话框中右边的滚动条向下拉，单击【动画速度】选项下的播放按钮 ，此时绘图区域内会出现刀具模拟切削活动。完成后的图形如图 4-50 所示。

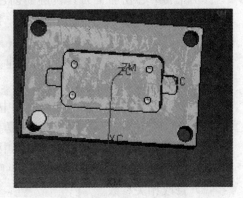

图 4-50

⑥ 完成锪 ϕ13mm 孔加工刀具轨迹的创建。单击【刀轨可视化】对话框中的【确定】按钮，返回【SPOT_DRILLING_COPY_1】对话框；单击【确定】按钮，完成锪 ϕ13mm 孔加工刀具轨迹的创建。

4. 钻中心孔

1）复制刀具路径。在操作导航器中选中【SPOT_DRILLING】操作，单击鼠标右键，在弹出的快捷菜单中选择【复制】。

2）粘贴刀具路径。在操作导航器中选中【SPOT_DRILLING_COPY_1】操作，单击鼠标右键，在弹出的快捷菜单中选择【粘贴】。

3）修改相关参数。

① 重新指定要加工的孔位置，如图 4-51 所示。

② 双击【SPOT_DRILLING_COPY_2】操作，出现【SPOT_DRILLING】对话框；展开【刀具】选项，在【刀具】的下拉列表中选择前面创建的 6mm 的中心钻的节点名称【D6】，即完成了刀具的重新选择。

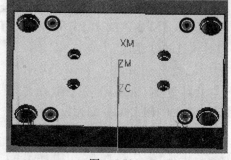

图　4-51

③ 修改循环方式和设置参数组。返回到【SPOT_DRILLING_COPY_2】主界面对话框，选择【标准钻】循环方式，单击编辑参数按钮，进入如图 4-41 所示的【指定参数组】对话框，系统自动显示【Number of Sets】为 1；单击【确定】按钮，进入【Cycle 参数】对话框；参考表 4-2，单击【Depth】选项，在出现的【Cycle 深度】对话框中单击【刀肩深度】选项，在其文本框中输入 7，设置进给速度为 200mm/min、暂停时间为 2s 和退刀距离为 3mm，主轴转速为 500r/min，这样就完成了循环参数组 1 的设置。

④ 生成刀具轨迹。单击【SPOT_DRILLING_COPY_2】对话框中的生成按钮 即可。

⑤ 模拟切削。单击【SPOT_DRILLING_COPY_2】对话框中的确认按钮 ，弹出【刀轨可视化】对话框；单击【3D 动态】选项卡，并把对话框中右边的滚动条向下拉，单击【动画速度】选项下的播放按钮 ，此时绘图区域内会出现刀具模拟切削活动。完成后的图形如图 4-52 所示。

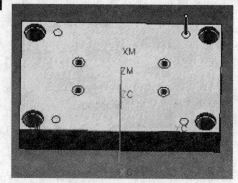

图　4-52

⑥ 完成中心孔加工刀具轨迹的创建。单击【刀轨可视化】对话框中的【确定】按钮，返回【SPOT_DRILLING_COPY_2】对话框；单击【确定】按钮，完成中心孔加工刀具轨迹的创建。

5. 钻下底面深孔

1）复制刀具路径。在操作导航器中选中【SPOT_DRILLING_COPY_2】操作，单击鼠标右键，在弹出的快捷菜单中选择【复制】。

2）粘贴刀具路径。在操作导航器中选中【SPOT_DRILLING_COPY_2】操作，单击鼠标右键，在弹出的快捷菜单中选择【粘贴】。

3）修改相关参数。

① 重新指定要加工的孔位置，如图 4-51 所示。

② 双击【SPOT_DRILLING_COPY_2_COPY】操作，出现一个【SPOT_DRILLING】对话框；展开【刀具】选项，在【刀具】的下拉列表中选择前面创建的 14mm 的中心钻的节点名称【D14】，即完成了刀具的重新选择。

③ 修改循环方式和设置参数组。返回到【SPOT_DRILLING_COPY_2_COPY】主界面对话框，选择【断屑钻】循环方式，单击编辑参数按钮，进入如图 4-41 所示的【指定参数组】对话框，系统自动显示【Number of Sets】为 1；单击【确定】按钮，进入【Cycle 参

数】对话框；参考表 4-2，单击【Depth】选项，在出现的【Cycle 深度】对话框中单击【刀肩深度】选项，在其文本框中输入 7，设置进给速度为 200mm/min、暂停时间为 2s 和退刀距离为 3mm，主轴转速为 500r/min，这样就完成了循环参数组 1 的设置。

④ 生成刀具轨迹。单击【SPOT_DRILLING_COPY_2_COPY】对话框中的生成按钮。

⑤ 模拟切削。单击【SPOT_DRILLING_COPY_2_COPY】对话框中的确认按钮，弹出【刀轨可视化】对话框；单击【3D 动态】选项卡，并把对话框中右边的滚动条向下拉，单击【动画速度】选项下的播放按钮，此时绘图区域内会出现刀具模拟切削活动。

⑥ 完成中心孔加工刀具轨迹的创建。单击【刀轨可视化】对话框中的【确定】按钮，返回【SPOT_DRILLING_COPY_2_COPY】对话框；单击【确定】按钮，完成中心孔加工刀具轨迹的创建。

第 5 章　带阶梯孔的模具零件加工

5.1　工件分析

如图 5-1 所示，模型的总体尺寸为 150mm×100mm×30mm。在工件上表面有 4 个通孔，直径分别为 10mm 和 6mm，需要铰削；2 个需要铰削的孔分别锪 2 个深度为 5mm、直径为 14mm 的沉孔。

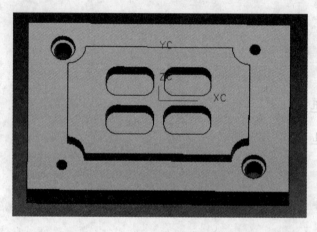

图　5-1

5.2　工艺规划

1. 毛坯

尺寸：150mm×100mm×30mm。

材料：P20。

2. 工件安装

利用标准垫块使毛坯高于平口虎钳 21mm 以上，再夹紧安装到机床上。

3. 加工坐标原点

XY：分中；Z：工件顶面。

4. 工步安排

本工件的形状较为简单，没有尖角或者很小的圆角，表面质量也没有特别的要求。工步安排如下：

1) 选用一把 φ20mm 硬质合金镶刀片平刀进行开粗加工，然后用 φ20mm 平刀对凸槽进行精加工，再用 ϕ8mm 平刀对 4 个凹槽进行加工。工步表见表 5-1。

表 5-1　型芯加工工步表

序　号	加 工 内 容	进 给 方 式	刀　　具	转速/(r/min)	进给速度/(mm/min)
01	型芯开粗加工	平面铣	ϕ20mm	1200	500
02	型芯精加工	平面铣	ϕ20mm	1200	500
03	型芯凹槽加工	平面铣	ϕ8mm	2000	800

2）选用 ϕ3mm 的中心钻钻工件上表面 4 处中心孔，然后利用 ϕ9.8mm 的麻花钻钻工件上表面 2 处 ϕ10mm 的通孔，用 ϕ5.8mm 的麻花钻钻工件上表面 2 处 ϕ6mm 的通孔，再分别用 ϕ10mm、ϕ6mm 的铰刀铰削。工步表见表 5-2。

表 5-2　点位加工工步表（通孔）

序　号	加 工 内 容	刀　　具	加工位置选择	循 环 方 式	循环组参数设置			
					组　　数	切削深度 /mm	暂停时间 /s	进给速度 /(mm/min)
1	钻 4 处中心孔	ϕ3mm 中心钻	面上所有孔	标准钻	2	2	2	100
2	钻 2 处 ϕ9.8mm 通孔	ϕ9.8mm 麻花钻	类选择	标准断屑钻	1	通过底面	2	200
3	钻 2 处 ϕ5.8mm 通孔	ϕ5.8mm 麻花钻	类选择	标准断屑钻	1	通过底面	2	200
4	铰 2 处 ϕ10mm 通孔	ϕ10mm 铰刀	类选择	标准钻	1	通过底面	2	30
5	铰 2 处 ϕ6mm 通孔	ϕ6mm 铰刀	类选择	标准钻	1	通过底面	2	30

3）在 ϕ10mm 的孔上面锪深度为 5mm、直径为 14mm 的沉孔。

表 5-3　点位加工工步表（沉孔）

序　号	加 工 内 容	刀　　具	加工位置选择	循 环 方 式	循环组参数设置			
					组　　数	切削深度 /mm	暂停时间 /s	进给速度 /(mm/min)
1	锪平 ϕ14mm	ϕ14mm 平底锪钻	类选择	标准钻	1	5	4	100

5.3　模型初始设置

5.3.1　打开模型文件

1. 打开 UG NX5.0

在桌面上双击 NX5.0 的快捷方式图标 或单击【开始】/【程序】/【UG NX5.0】/【NX5.0】，进入 UG NX5.0 初始化环境界面。

2. 打开模型文件

在启动界面中，单击打开文件按钮 ，在弹出的对话框中选择 x11.prt 部件文件，如图 5-2 所示；单击【OK】按钮打开 x11.prt。

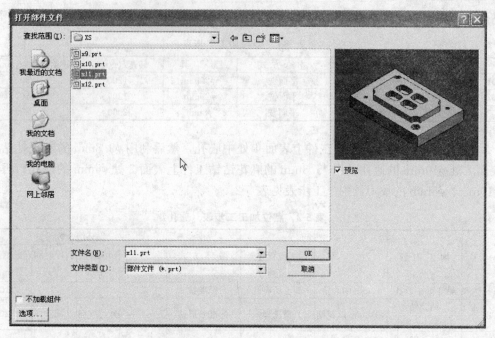

图　5-2

3. 检查图形文件

打开图形文件后，对模型进行旋转、放大、切换视角，检查模型是否有缺陷、错误。

4. 确认工件坐标系

把工件坐标系原点设在工件顶面一边的中心位置处，工件坐标系和加工坐标系统一，这样就不容易出错。当前模型的坐标系已经符合以上要求，不需对其进行调整。

5. 建立工件毛坯

进入到建模模块下，单击 ，选取工件底面四条边为拉伸边，并在拉伸对话框中设置参数，再单击【确定】按钮，完成毛坯的建立，如图 5-3 所示。

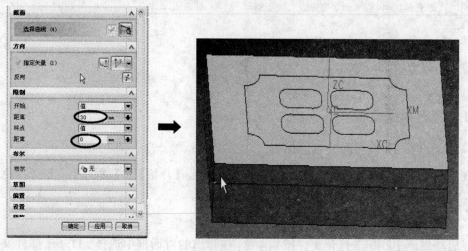

图　5-3

5.3.2　进入加工模组设置初始化

1. 进入加工模块

具体操作步骤如图 5-4 所示。

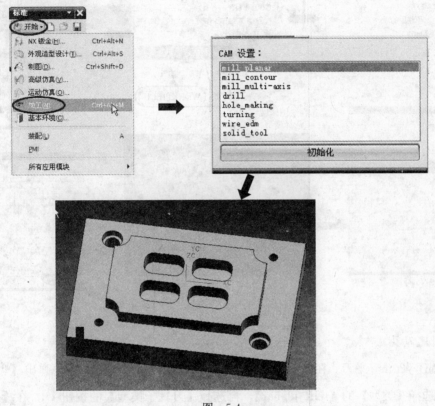

图　5-4

2. 设置加工方法视图

单击操作导航器按钮，在打开的选项卡中单击右上角的锁定按钮，使其变成锁定状态，再在操作导航器选项卡内单击鼠标右键，在弹出的快捷菜单中选择【几何视图】。

3. 设置加工坐标系

双击操作导航器内的【MCS_MILL】　　MCS_MILL，弹出机床坐标系对话框；单击【指定 MCS】中的按钮，弹出【CSYS】对话框；单击动态按钮，然后单击【确定】按钮，完成加工坐标系的设置。

4. 设置安全高度

在返回的机床坐标系对话框中单击【安全设置】选项的下拉菜单，选择【平面】选项；此时单击选择平面按钮，弹出【平面构造器】对话框；单击 XC-YC 平面按钮，在【偏置】文本框中输入 20；完成后单击【确定】按钮，接着单击机床坐标系对话框的【确定】按钮，完成安全高度的设置。

5. 选择部件

具体操作步骤如图 5-5 所示。

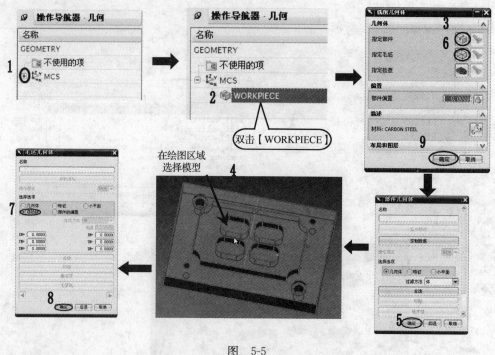

图　5-5

6. 创建刀具

1）创建 φ20mm 平刀。在工具条快捷图标中单击创建刀具按钮 ，弹出【创建刀具】对话框；选择【类型】的【mill_planar】，再选择【刀具子类型】的按钮 ，在【名称】文本框中输入 D20，单击【确定】按钮，在弹出的【Milling Tool-5 Parameters】对话框中设置参数（【直径】为【20】，其他使用默认值；把对话框中右边的滚动条向下拉，继续设置参数【刀具号】为【1】，【长度补偿】为【0】，【刀具补偿】为【1】），完成后单击【确定】按钮，完成 φ20mm 平刀的创建。

2）创建 φ8mm 平刀。在工具条快捷图标中单击创建刀具按钮 ，弹出【创建刀具】对话框；选择【类型】的【mill_planar】，再选择【刀具子类型】的按钮 ，在【名称】文本框中输入 D8，单击【确定】按钮，在弹出的【Milling Tool-5 Parameters】对话框中设置参数（【直径】为【8】，其他使用默认值；把对话框中右边的滚动条向下拉，继续设置参数【刀具号】为【2】，【长度补偿】为【0】，【刀具补偿】为【2】），完成后单击【确定】按钮，完成 φ8mm 平刀的创建。

3）创建 φ3mm 中心钻。在工具条快捷图标中单击创建刀具按钮 ，弹出【创建刀具】对话框；选择【类型】的【drill】，再选择【刀具子类型】的按钮 ，在【名称】文本框中输入 D3，单击【确定】按钮，在弹出的【Milling Tool-5 Parameters】对话框中设置参数（【直径】为【3】，其他使用默认值；把对话框中右边的滚动条向下拉，继续设置参数【刀具号】为【3】,【长度补偿】为【0】,【刀具补偿】为【3】),完成后单击【确定】按钮,完成 φ3mm 中心钻的创建。

4)按照同样的方法,创建其他钻削刀具,其名称和参数见表 5-4。

表 5-4 创建刀具参数表

刀 号	子类型图标	名 称	类 型	刀具直径/mm	有效长度/mm
1		D20	平刀	20	75
2		D8	平刀	8	75
3		D3	中心钻	3	50
4		D9.8	麻花钻	9.8	50
5		D5.8	麻花钻	5.8	50
6		D10	铰刀	10	100
7		D6	铰刀	6	100
8		D14	平底锪钻	14	75

5.4 型芯开粗加工

5.4.1 选择加工方式

具体操作步骤如图 5-6 所示。

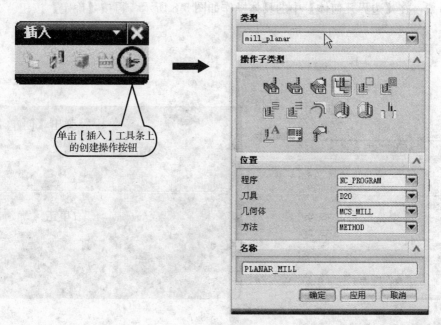

单击【插入】工具条上的创建操作按钮

图 5-6

5.4.2　设置型芯粗加工参数

1. 指定部件

单击【平面铣】对话框中【指定部件边界】右侧的按钮 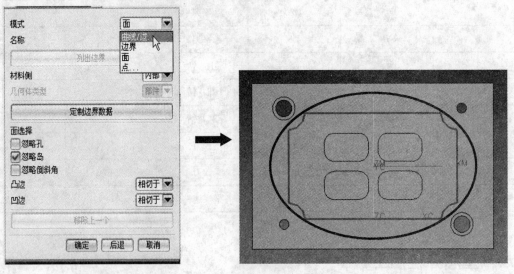，在【边界几何体】中的具体操作如图 5-7 所示，再按【确定】按钮。

图　5-7

2. 指定毛坯边界

单击【平面铣】对话框中【指定毛坯边界】右侧的按钮 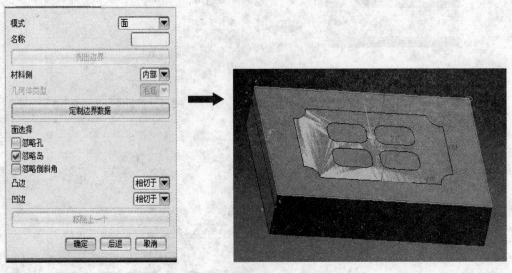，按 "Shift＋Ctrl＋u" 键取消毛坯隐藏，在【边界几何体】中的具体操作如图 5-8 所示，再按【确定】按钮。

图　5-8

3. 指定底面

具体操作步骤如图 5-9 所示。

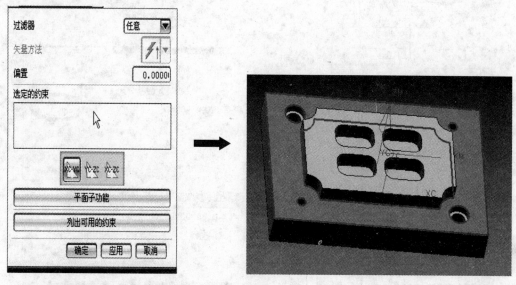

图　5-9

4. 刀轨设置

具体操作步骤如图 5-10 所示。

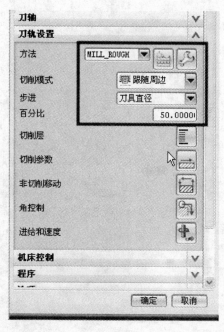

图　5-10

5. 设置切削层

具体操作步骤如图 5-11 所示。

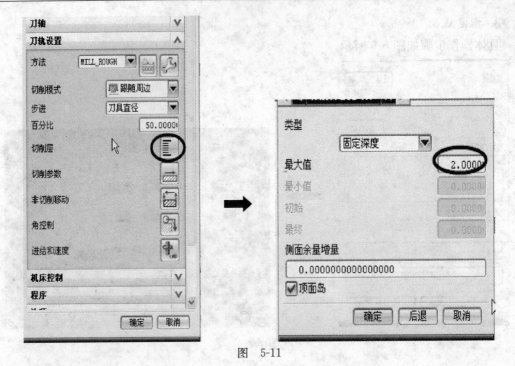

图　5-11

6. 设置切削参数

具体操作步骤如图 5-12 所示。

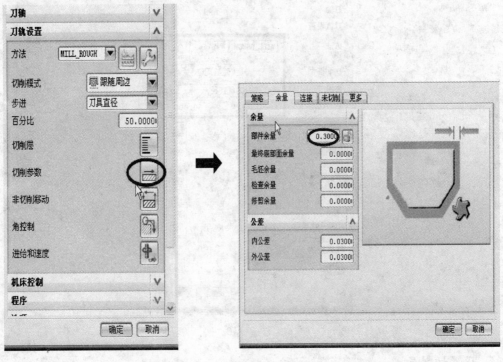

图　5-12

7. 设置进给和速度参数

具体操作步骤如图 5-13 所示。

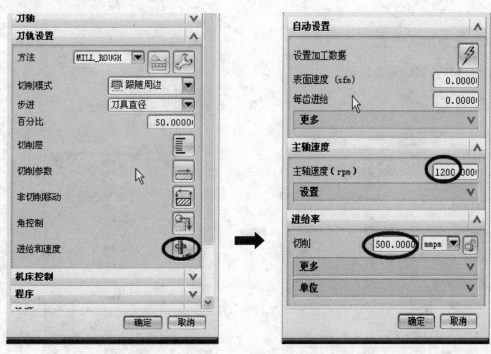

图 5-13

8. 生成刀具轨迹

单击【平面铣】对话框中的生成按钮，生成如图 5-14 所示的刀具轨迹。

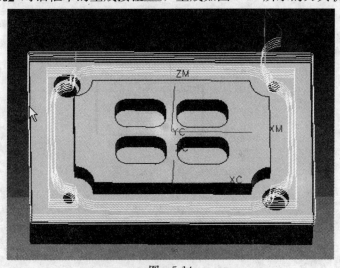

图 5-14

9. 完成平面铣加工刀具轨迹的创建

单击【刀轨可视化】对话框中的【确定】按钮，返回【平面铣】对话框，再单击【确定】按钮，完成平面铣加工刀具轨迹的创建。

5.5 型芯精加工

5.5.1 复制加工方式

具体操作步骤如图 5-15 所示。

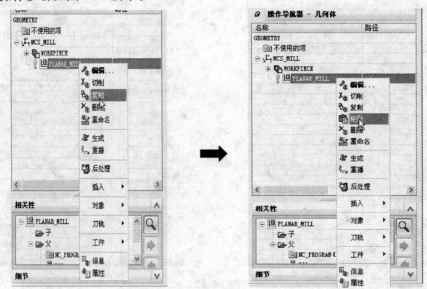

图　5-15

5.5.2 设置型芯精加工参数

1. 刀轨设置

具体操作步骤如图 5-16 所示。

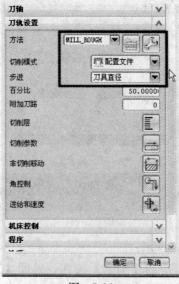

图　5-16

2. 设置切削层

具体操作步骤如图 5-17 所示。

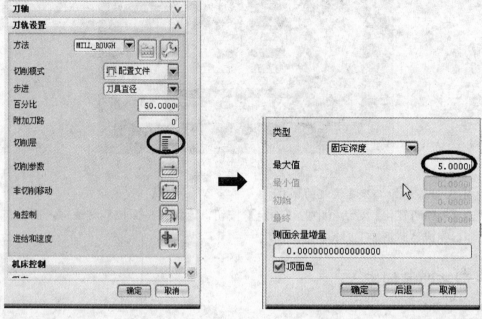

图　5-17

3. 设置切削参数

具体操作步骤如图 5-18 所示。

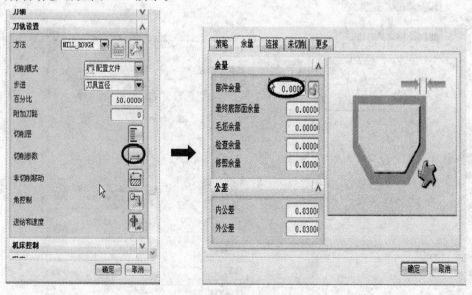

图　5-18

4. 生成刀具轨迹

单击【平面铣】对话框中的生成按钮，生成如图 5-19 所示的刀具轨迹。

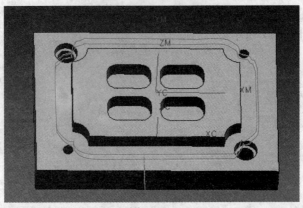

图　5-19

5. 完成型芯精加工刀具轨迹的创建

单击【刀轨可视化】对话框中的【确定】按钮，返回【平面铣】对话框，再单击【确定】按钮，完成型芯精加工刀具轨迹的创建。

5.6　型芯凹槽加工

5.6.1　选择加工方式

具体操作步骤如图 5-20 所示。

图　5-20

5.6.2　设置型芯凹槽加工参数

1. 指定部件边界

具体操作步骤如图 5-21 所示。

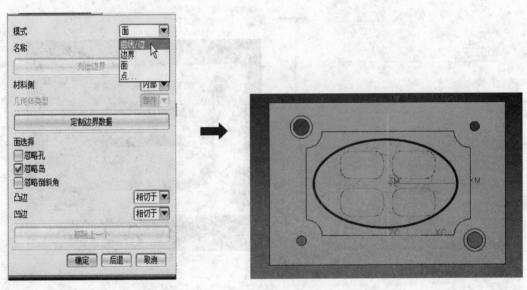

图　5-21

2. 指定毛坯边界

单击【平面铣】对话框中【指定毛坯边界】右侧的按钮，按"Shift＋Ctrl＋u"键取消毛坯隐藏；在【边界几何体】中的具体操作如图 5-22 所示，再按【确定】按钮。

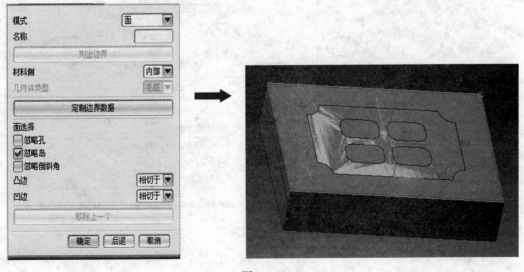

图　5-22

3. 指定底面

具体操作步骤如图 5-23 所示。

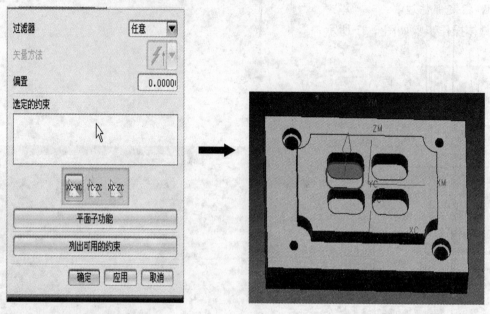

图　5-23

4. 设置切削层

具体操作步骤如图 5-24 所示。

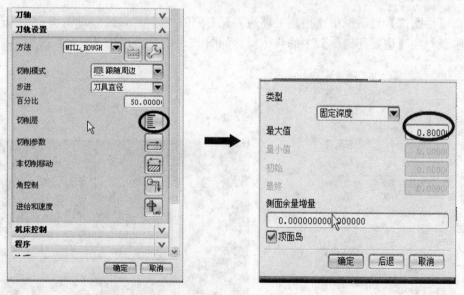

图　5-24

5. 设置切削参数

具体操作步骤如图 5-25 所示。

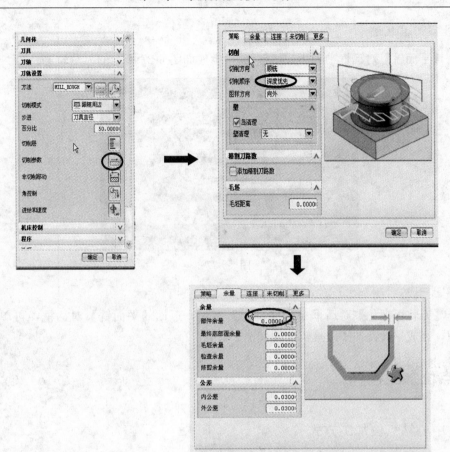

图 5-25

6. 设置进给和速度参数

具体操作步骤如图 5-26 所示。

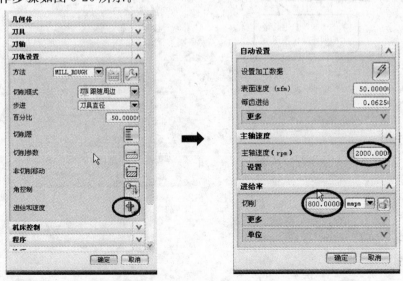

图 5-26

7. 生成刀具轨迹

单击【平面铣】对话框中的生成按钮 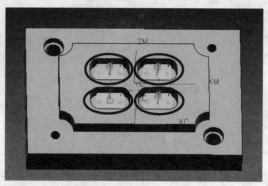，生成如图 5-27 所示的刀具轨迹。

图　5-27

8. 完成型芯凹槽加工轨迹的创建

单击【刀轨可视化】对话框中的【确定】按钮，返回【平面铣】对话框，再单击【确定】按钮，完成平面铣加工刀具轨迹的创建。

5.7　点位加工操作

5.7.1　中心钻点位加工方式

具体操作步骤如图 5-28 所示。

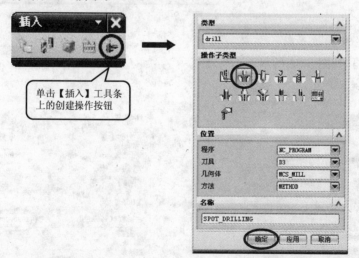

单击【插入】工具条上的创建操作按钮

图　5-28

5.7.2　中心钻点位加工参数

1. 指定孔

1）在【SPOT_DRILLING】对话框中、单击【指定孔】右侧的按钮 ，在【点到点几何体】对话框中单击【选择】，然后在弹出的对话框中单击【Cycle 参数组－1】，再单击【参数组 1】，在返回的对话框中单击【面上所有孔】，并在视图窗口中选中工件孔所在表面，此时弹出对话框，单击【确定】按钮即可。

具体步骤如图 5-29 所示。

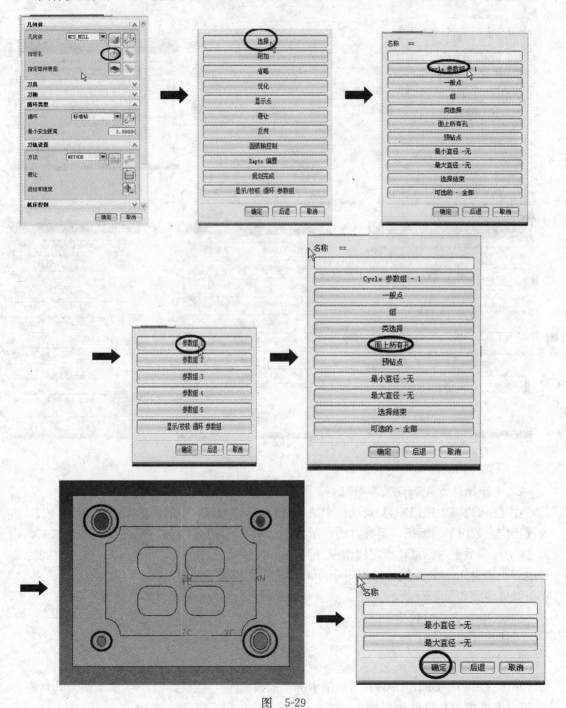

图　5-29

2）在弹出的对话框中单击【选择结束】，回到【点到点几何体】对话框，接着优化加工孔的路径，其具体步骤如图 5-30 所示。

图　5-30

2. 选择循环方式和设置参数组

在【SPOT_DRILLING】对话框中选择【标准钻】循环方式，再单击【编辑参数】，进入【指定参数组】对话框，系统自动显示【Number of Sets】为 1；单击【确定】按钮，进入【Cycle 参数】对话框，指定模型深度为 2mm、进给速度为 100mm/min、暂停时间为 2s 和退刀距离为 3mm，主轴转速为 500r/min，这样就完成了循环参数组的设置。

具体步骤如图 5-31 所示。

3. 进给和速度的设置

具体步骤如图 5-32 所示。

4. 生成刀具轨迹

单击【SPOT_DRILLING】对话框中的生成按钮，生成如图 5-33 所示的刀具轨迹。

5. 完成中心钻轨迹的创建

单击【刀轨可视化】对话框中的【确定】按钮，返回【SPOT_DRILLING】对话框，再单击【确定】按钮，完成中心钻轨迹的创建。

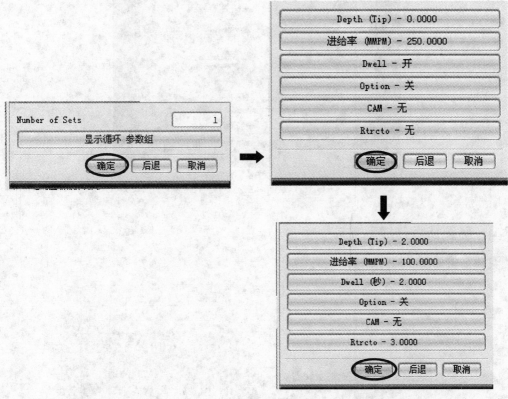

图　5-31

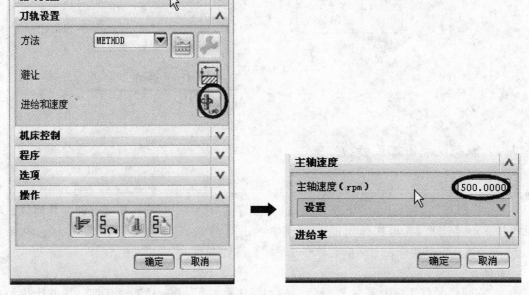

图　5-32

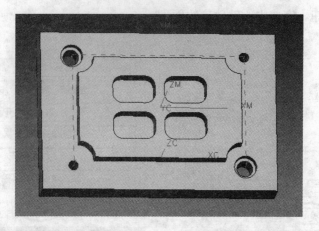

图　5-33

5.7.3　麻花钻点位加工方式

具体步骤如图 5-34 所示。

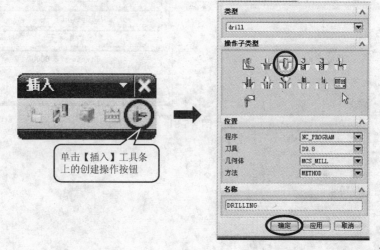

图　5-34

5.7.4　麻花钻点位加工参数

1. 指定孔

1) 在【DRILLING】对话框中单击【指定孔】右侧的按钮 ，在【点到点几何体】对话框中单击【选择】，再在弹出的对话框中单击【类选择】，并在视图窗口中选中 2 处 φ10mm 的通孔，此时弹出对话框，单击【确定】按钮即可。

具体步骤如图 5-35 所示。

2) 在弹出的对话框中单击【选择结束】，回到【点到点几何体】对话框，接着优化加工孔的路径，其具体步骤参照图 5-30。

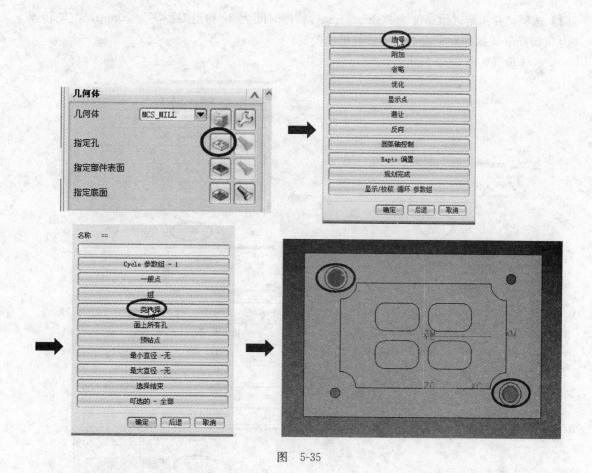

图 5-35

2. 指定底面

具体步骤如图 5-36 所示。

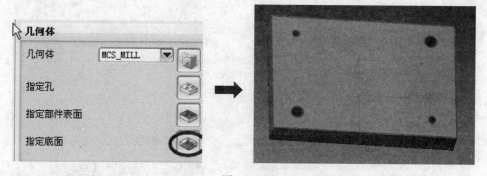

图 5-36

3. 选择循环方式和设置参数组

在【DRILLING】对话框中选择【标准断屑钻】循环方式，再单击【编辑参数】，进入【指定参数组】对话框，系统自动显示【Number of Sets】为 1；单击【确定】按钮，进入【Cycle 参数】对话框；单击【Depth】选项，出现【Cycle 深度】对话框，再单击【穿过底面】选项，并指定进给速度为 200mm/min、暂停时间为 2s 和退刀距离为 20mm，主轴转速为 500r/min，这样就完成了循环参数组的设置。

具体步骤如图 5-37 所示。

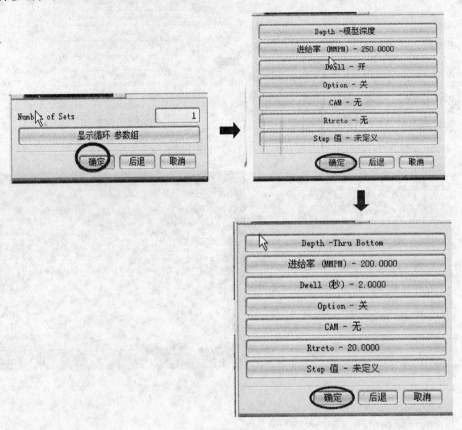

图　5-37

4. 进给和速度的设置

具体步骤如图 5-38 所示。

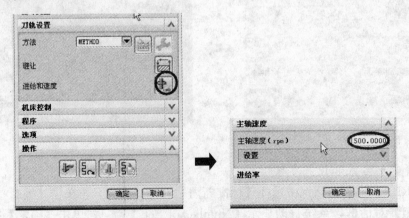

图　5-38

5. 生成刀具轨迹

单击【DRILLING】对话框中的生成按钮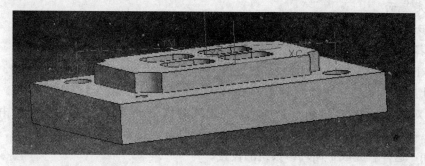，生成如图 5-39 所示的刀具轨迹。

图　5-39

注：对于麻花钻加工 2 处 ϕ6mm 通孔，可以直接复制【DRILLING】，然后粘贴，再修改【DRILLING】对话框中的指定孔和刀具，其他步骤同上，这里不再做详细介绍。

5.7.5　铰刀点位加工方式

具体步骤如图 5-40 所示。

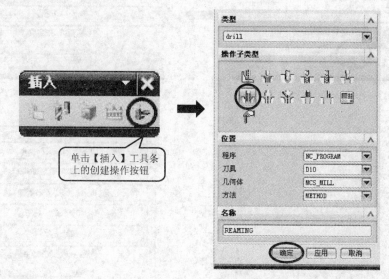

单击【插入】工具条上的创建操作按钮

图　5-40

5.7.6　铰刀点位加工参数

1. 指定孔

1）在【REAMING】对话框中单击【指定孔】右侧的按钮，在【点到点几何体】对话框中单击【选择】，再在弹出的对话框中单击【类选择】，并在视图窗口中选中 2 处 ϕ10mm 的通孔，此时弹出对话框，单击【确定】按钮即可。

具体步骤可参照图 5-35。

2）在弹出的对话框中单击【选择结束】，回到【点到点几何体】对话框，接着优化加工孔的路径，其具体步骤参照图 5-30。

2. 指定底面

具体步骤可参照图 5-36。

3. 选择循环方式和设置参数组

在【REAMING】对话框中选择【标准钻】循环方式，再单击【编辑参数】，进入【指定参数组】对话框，系统自动显示【Number of Sets】为 1；单击【确定】按钮，进入【Cycle 参数】对话框；单击【Depth】选项，在出现的【Cycle 深度】对话框中单击【穿过底面】选项，并指定进给速度为 30mm/min、暂停时间为 2s 和退刀距离为 20mm，主轴转速为 50r/min，这样就完成了循环参数组的设置。

具体步骤如图 5-41 所示。

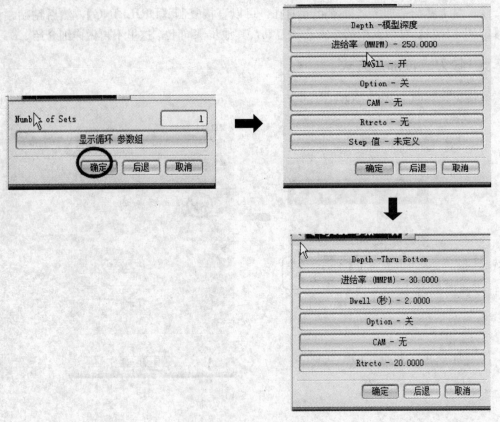

图　5-41

4. 进给和速度的设置

具体步骤如图 5-42 所示。

5. 生成刀具轨迹

单击【REAMING】对话框中的生成按钮 即可。

注：对于铰刀加工 2 处 φ6mm 通孔，可以直接复制【REAMING】，然后粘贴，再修改

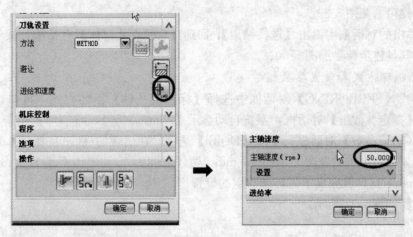

图 5-42

【REAMING】对话框中的指定孔和刀具，其他步骤同上，这里不再作详细介绍。

5.7.7 锪孔点位加工方式

具体步骤如图 5-43 所示。

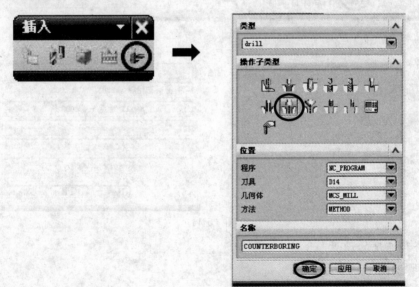

图 5-43

5.7.8 锪孔点位加工参数

1. 指定孔

1）在【COUNTERBORING】对话框中单击【指定孔】右侧的按钮 ，在【点到点几何体】对话框中单击【选择】，在弹出的对话框中单击【类选择】，并在视图窗口中选中 2 处 ϕ10mm 的孔，此时弹出对话框，单击【确定】按钮即可。

具体步骤可参照图 5-35。

2）在弹出的对话框中单击【选择结束】，回到【点到点几何体】对话框，接着优化加工孔的路径，其具体步骤参照图 5-30。

2. 选择循环方式和设置参数组

在【COUNTERBORING】对话框中选择【标准沉孔钻】循环方式，再单击【编辑参数】，进入【指定参数组】对话框，系统自动显示【Number of Sets】为 1；单击【确定】按钮，进入【Cycle 参数】对话框；单击【Depth】选项，在出现的【Cycle 深度】对话框中选择模型深度，并指定进给速度为 100mm/min、暂停时间为 4s 和退刀距离为 20mm，主轴转速为 500r/min，这样就完成了循环参数组的设置。

具体步骤如图 5-44 所示。

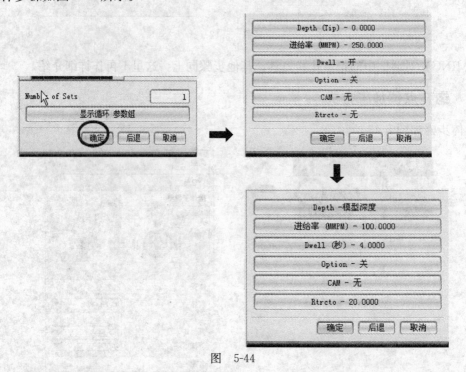

图　5-44

3. 进给和速度的设置

具体步骤如图 5-45 所示。

4. 生成刀具轨迹

单击【REAMING】对话框中的生成按钮，生成如图 5-46 所示的刀具轨迹。

5. 模拟切削

选中【操作导航器】对话框中的 9 个步骤，单击【校验刀轨】，弹出【刀轨可视化】对话框，再单击【2D 动态】选项卡，将对话框右边的滚动条向下拉，单击【动画速度】选项下的播放按钮，此时绘图区域内会出现刀具模拟切削活动。完成后的图形如图 5-47 所示。

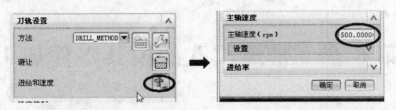

图　5-45

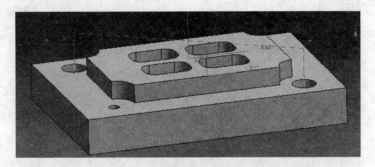

图　5-46

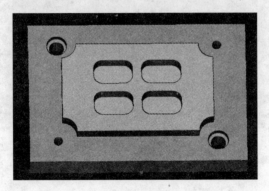

图　5-47

5.8　保存文件

选择菜单栏【文件】/【关闭】/【全部保存并关闭】命令，完成保存工作并退出 UG NX5.0 软件，如图 5-48 所示。

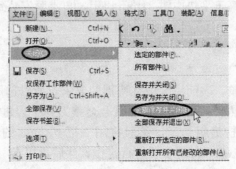

图　5-48

第6章 带螺纹孔的模具零件加工

6.1 工件分析

如图 6-1 所示，模型的总体尺寸为 160mm×120mm×28.5mm。

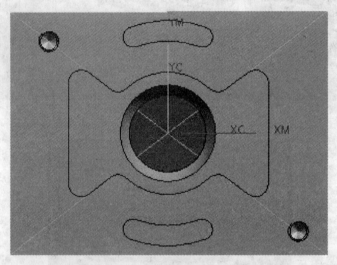

图　6-1

6.2 工艺规划

1. 毛坯

尺寸：160mm×120mm×30mm。

材料：P20。

2. 工件安装

利用标准垫块使毛坯高于平口虎钳 21mm 以上，再夹紧安装到机床上。

3. 加工坐标原点

XY：分中；Z：工件顶面。

4. 工步安排

本工件的形状较为简单，表面质量没有特别的要求，所以选用一把 φ10mm 的硬质合金镶刀片平刀进行粗加工，然后利用 φ6mm 硬质合金镶刀片平刀进行精加工，再用 φ25R5 硬质合金镶刀片圆角刀进行挖槽粗加工，最后再用一把 φ10mm 的球刀进行精加工。接着用 φ6mm 的中心钻钻 2 处中心孔，对螺纹孔进行定位，然后再用 φ8.9mm 的麻花钻进行钻孔加工，最后再用 φ9mm 的螺纹刀攻螺纹。

具体加工工步见表 6-1 和表 6-2。

表 6-1　加工工步表

序　号	加工内容	进给方式	刀　具	转速/(r/min)	进给速度/(mm/min)
01	粗加工	平面铣	ϕ10mm 平刀	1800	1200
02	精加工	平面铣	ϕ6mm 平刀	2500	800
03	挖槽粗加工	平面铣	ϕ25R5 平刀	1200	500
04	挖槽精加工	平面铣	ϕ10mm 球刀	2500	800
05	钻孔加工	钻孔	ϕ8.9mm 麻花钻	800	400
06	铰孔加工	铰孔	ϕ9mm 螺纹刀	70	50

表 6-2　点位加工工步表

序　号	加工内容	刀　具	加工位置选择	循环方式	循环组参数设置			
					组　数	切削深度/mm	暂停时间/s	进给速度/(mm/min)
01	钻 2 处中心孔	ϕ6mm 中心钻	面上的孔	标准钻	1	2	2	100
02	钻 2 处 ϕ8.9mm 孔	ϕ8.9mm 麻花钻	面上的孔	断屑钻	1	16	2	200
03	铰 2 处 ϕ9mm 孔	ϕ9mm 螺纹刀	面上的孔	标准钻	1	12	2	50

6.3　模型初始设置

6.3.1　打开模型文件

1. 打开 UG NX5.0 及模型文件

在桌面上双击 NX5.0 的快捷方式图标 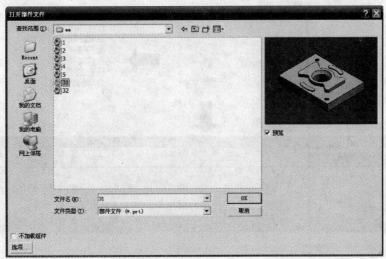，再在启动界面中单击打开文件按钮 ，在弹出的对话框中选择 31. prt 部件文件，如图 6-2 所示。单击【OK】按钮打开 31. prt。

图　6-2

2. 检查图形文件

打开图形文件后，按住鼠标中键对模型进行旋转或滚动鼠标中键进行放大、切换视角，检查模型是否有缺陷、错误。

3. 确认工件坐标系

把工件坐标系原点设在工件顶面的对称中心位置处，工件坐标系和加工坐标系统一起来，这样就不容易出错。本工件的工件坐标系原点已经设定好，不需要移动，如图 6-3 所示。

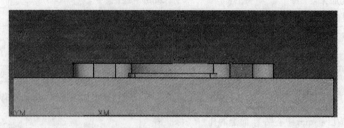

图　6-3

6.3.2　进入加工模组设置初始化

1. 创建毛坯

单击工具栏中的【开始】按钮，选择【建模】，进入草绘界面；然后单击拉伸按钮 ，在【曲线规则】过滤器中选择【相连曲线】；然后在视图区内选取模型底面的四条边，在【终点距离】文本框内输入 28.5mm；单击【确定】按钮，完成毛坯创建，如图 6-4 所示。

2. 进入加工模块

单击工具栏中的【开始】按钮，选择【加工】，进入【加工环境】对话框；选中【mill_planar】，然后单击【初始化】按钮，进入加工模块操作界面，具体步骤如图 6-5 所示。

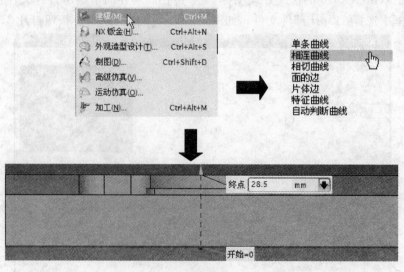

图　6-4

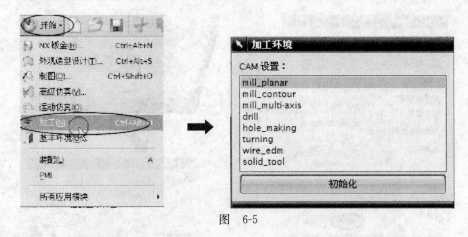

图　6-5

3. 设置加工方法视图

单击操作导航器按钮，在打开的选项卡中单击右上角的锁定按钮，使其变成锁定状态，然后在操作导航器选项卡内单击鼠标右键，在弹出的快捷菜单中选择【几何视图】。

4. 设置加工坐标系

双击操作导航器内的【MCS_MILL】，弹出机床坐标系对话框；单击【指定 MCS】中的按钮，弹出【CSYS】对话框；单击动态按钮，在【参考 CSYS】选项中选择【WCS】，然后单击【确定】按钮，完成加工坐标系的设置，如图 6-6 所示。

5. 设置安全高度

在返回的【机床坐标系】对话框中单击【安全设置】选项的下拉菜单，选择【平面】选项，此时单击选择平面按钮，弹出【平面构造器】对话框；单击 XC-YC 平面按钮，并在视图区内选取模型的上表面，然后在【偏置】文本框中输入 20，完成后单击【确定】按钮；接着单击【机床坐标系】对话框中的【确定】按钮，完成安全高度的设置，如图 6-7 所示。

图　6-6

6. 选择部件

单击操作导航器内【MCS_MILL】节点前的加号，展开【MCS_MILL】节点的子项；然后双击【WORKPIECE】，在弹出来的【Mill Geom】对话框中选择指定部件按钮，弹出【部件几何体】对话框，选择【全选】按钮；接着单击【确定】按钮，返回到【Mill Geom】对话框，选择指定毛坯按钮，弹出【毛坯几何体】对话框，选取前面创建的毛坯，然后单击【确定】按钮返回到【Mill Geom】对话框；完成操作后可以选择单击显示按钮，将所有的切削范围高亮度显示在绘图窗口中，以便观察所设置的切削范围是否正确。完成以上操作后，单击【Mill Geom】对话框中的【确定】按钮，如图 6-8 所示。

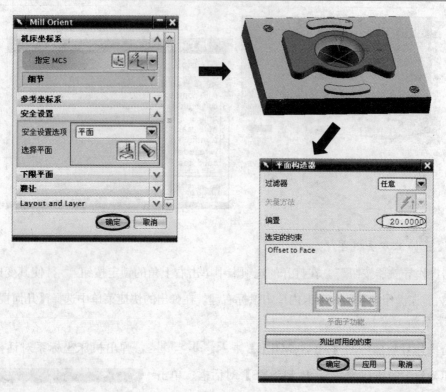

图　6-7

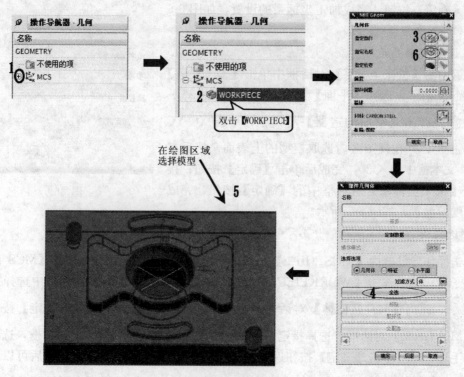

图　6-8

7. 设置加工方法参数

1) 设置粗加工方法参数。在【操作导航器-加工方法】选项卡内双击【MILL_ROUGHS】加工方法，弹出【铣削方法】对话框；设置【部件余量】为【0.3】，再单击进给和速度按钮██，弹出【进给和速度】对话框；设置【切削】为【1800mmpm】，【进刀】为【600mmpm】，完成后单击【确定】按钮；返回【铣削方法】对话框后单击【确定】按钮，完成粗加工的切削参数设置。

2) 设置精加工方法参数。在【操作导航器-加工方法】选项卡内双击【MILL_FINISH】加工方法，弹出【铣削方法】对话框；设置【部件余量】为 0，单击【进给和速度】按钮██，弹出【进给】对话框；设置【切削】为 2500mmpm，【进刀】为 800mmpm，完成后单击【确定】按钮；返回【铣削方法】对话框后单击【确定】按钮，完成精加工的切削参数设置。

8. 创建刀具

1) 创建 ϕ10mm 平刀。单击【加工创建】工具条中的创建刀具按钮██，弹出【创建刀具】对话框；选择【刀具子类型】的按钮██，在【名称】文本框中输入 D10，单击【确定】按钮；在弹出的【铣刀-5 参数】对话框中设置参数（【直径】为【10】，其他使用默认值，将对话框右边的滚动条向下拉，继续设置参数【刀具号】为【1】，【长度补偿】为【0】，【刀具补偿】为【1】），完成后单击【确定】按钮，完成 ϕ10mm 平刀的创建。

2) 创建 ϕ6mm 平刀。单击【加工创建】工具条中的创建刀具按钮██，弹出【创建刀具】对话框；选择【刀具子类型】的按钮██，在【名称】文本框中输入 D6，单击【确定】按钮；在弹出的【铣刀-5 参数】对话框中设置参数（【直径】为【6】，其他使用默认值，将对话框右边的滚动条向下拉，继续设置参数【刀具号】为【2】，【长度补偿】为【0】，【刀具补偿】为【2】），完成后单击【确定】按钮，完成 ϕ6mm 平刀的创建。

3) 创建 ϕ25R5 平刀。单击【加工创建】工具条中的创建刀具按钮██，弹出【创建刀具】对话框；选择【刀具子类型】的按钮██，在【名称】文本框中输入 D25R5，单击【确定】按钮；在弹出的【铣刀-球头铣】对话框中设置参数（【直径】为【16】，【底圆角半径】为【5】，其他使用默认值，将对话框右边的滚动条向下拉，继续设置参数【刀具号】为【3】，【长度补偿】为【0】，【刀具补偿】为【3】），完成后单击【确定】按钮，完成 ϕ25R5 平刀的创建。

4) 创建 ϕ10mm 球刀。单击【加工创建】工具条中的创建刀具按钮██，弹出【创建刀具】对话框；选择【刀具子类型】的按钮██，在【名称】文本框中输入 D10，单击【确定】按钮；在弹出的【铣刀-球头铣】对话框中设置参数（【直径】为【10】，其他使用默认值，将对话框右边的滚动条向下拉，继续设置参数【刀具号】为【4】，【长度补偿】为【0】，【刀具补偿】为【3】），完成后单击【确定】按钮，完成 ϕ10mm 球刀的创建。

5) 创建 ϕ6mm 中心钻。在工具条快捷图标中单击创建刀具按钮██，弹出【创建刀具】对话框；选择【类型】中的【drill】，再选择【刀具子类型】的按钮██，在【名称】

文本框中输入 D6，单击【确定】按钮；在弹出的【Milling Tool-5 Parameters】对话框中设置参数（【直径】为【6】，其他使用默认值，将对话框右边的滚动条向下拉，继续设置参数【刀具号】为【2】，【长度补偿】为【0】），完成后单击【确定】按钮，完成 φ6mm 中心钻的创建。

6）按照同样的方法，创建 φ8.9mm 的麻花钻和 φ9mm 的螺纹刀。

6.4　模型粗加工

6.4.1　选择加工方式

单击【插入】工具条上的创建操作按钮 ，或在【插入】下拉菜单中单击【操作】按钮，进入【创建操作】对话框。在【类型】下拉菜单选项中选择【mill_planar】，即平面铣操作类型，在【操作子类型】区域选择 PLANAR_MILL 按钮 ，在【刀具】下拉选项中选择【D10】作为加工刀具，在【方法】下拉选项中选择【MILL-ROUGH】作为加工方法，其他选项默认。完成以上操作后，单击【确定】按钮，如图 6-9 所示。

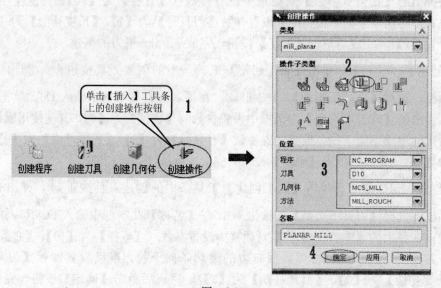

图　6-9

6.4.2　设置平面铣加工参数

1. 几何体设置

在【平面铣】对话框中的【几何体】选项中单击指定部件边界按钮 ，弹出【边界几何体】对话框；在【模式】选项下选择【曲线/边】，弹出【创建边界】对话框；单击【成链】按钮，并在视图区内选取如图 6-10 所示的曲线，返回到【创建边界】对话框；然后单击【创建下一边界】按钮，分别选取另外的两条链，单击【确定】按钮返回到【平面铣】对话框。单击指定毛坯边界按钮 ，在弹出的对话框中选取前面创建的毛坯，接着单击【确定】按钮返回到【平面铣】对话框。单击指定底面按钮 ，弹出【平面构造器】对话框，单击 X-Y 平面按钮 ，然后单击【确定】按钮，完成几何体设置。

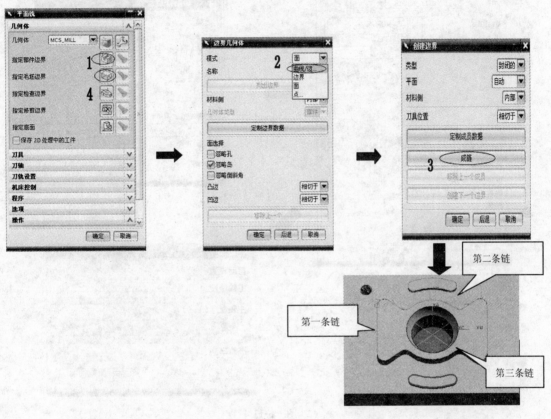

图　6-10

2. 刀轨设置

在【刀轨设置】选项中，在【切削模式】下拉菜单选项中选择【跟随周边】；单击切削层按钮 ，弹出【切削深度参数】对话框，在【类型】选项中选择【固定深度】，在【最大值】文本框内输入 2，然后单击【确定】按钮；接着单击进给和速度按钮 ，在【主轴速度】文本框里面输入 1800，然后单击【确定】按钮，完成进给和速度的设置，如图 6-11 所示。

3. 生成刀具轨迹

单击【平面铣】对话框中的生成按钮 ，生成如图 6-12 所示的刀具轨迹。

4. 模拟切削

单击【平面铣】对话框中的确认按钮 ，弹出【刀轨可视化】对话框，单击【2D 动态】选项卡，将对话框右边的滚动条向下拉，单击【动画速度】选项下的播放按钮 ，此时绘图区域内会出现刀具模拟切削活动。

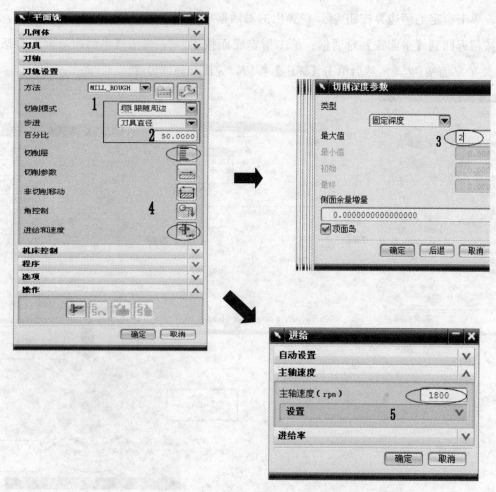

图　6-11

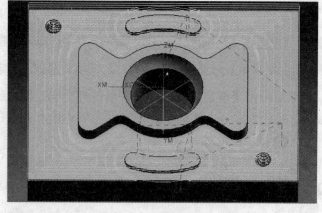

图　6-12

5. 完成平面铣加工刀具轨迹的创建

单击【刀轨可视化】对话框中的【确定】按钮，返回【平面铣】对话框，再单击【确定】按钮，完成平面铣加工刀具轨迹的创建。

6.5　模型精加工

6.5.1　选择加工方式

　　单击【插入】工具条上的创建操作按钮 ，或在【插入】下拉菜单中单击【操作】选项，进入【创建操作】对话框。在【类型】下拉菜单选项中选择【mill_planar】，即平面铣操作类型，在【操作子类型】区域选择 PLANAR_MILL 按钮 ，在【刀具】下拉选项中选择【D6】作为加工刀具，在【方法】下拉选项中选择【MILL_FINISH】作为加工方法，其他选项为默认。完成以上操作后，单击【确定】按钮，如图 6-13 所示。

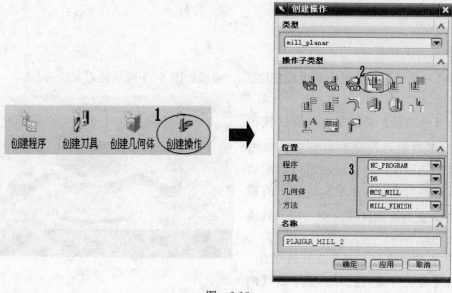

图　6-13

6.5.2　设置平面铣精加工参数

　　1. 几何体设置

平面铣精加工的几何体设置与粗加工的一样。

　　2. 刀轨设置

在【刀轨设置】选项中，【切削模式】选择【配置文件】，【步进】选择【恒定】，在【距离】的文本框中输入 2。单击切削层按钮 ，弹出【切削深度参数】对话框，在【类型】选项中选择【固定深度】，在【最大值】文本框内输入 1，然后单击【确定】按钮。单击进给和速度按钮 ，在【主轴速度】文本框里输入 2500，然后单击【确定】按钮，完成进给和速度的设置，如图 6-14 所示。

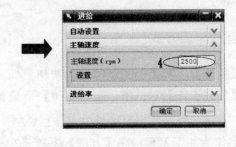

图　6-14

3. 生成刀具轨迹

单击【平面铣】对话框中的生成按钮，生成如图 6-15 所示的刀具轨迹。

4. 模拟切削

单击【平面铣】对话框中的确认按钮，弹出【刀轨可视化】对话框，单击【2D 动态】选项卡，将对话框右边的滚动条向下拉，单击【动画速度】选项下的播放按钮，此时绘图区域内会出现刀具模拟切削活动。

5. 完成平面铣加工刀具轨迹的创建

单击【刀轨可视化】对话框中的【确

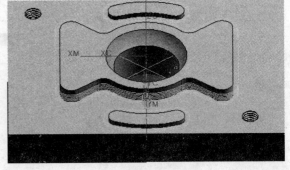

图　6-15

定】按钮，返回【平面铣】对话框，再单击【确定】按钮，完成平面铣加工刀具轨迹的创建。

6.6　模型挖槽粗加工

6.6.1　选择加工方式

单击【插入】工具条上的创建操作按钮，或在【插入】下拉菜单中单击【操作】选项，进入【创建操作】对话框。在【类型】下拉菜单选项中选择【mill_contour】，即型腔铣操作类型，在【操作子类型】区域选择 REST_MILLING 按钮，在【刀具】下拉选项中选择【D25R5】作为加工刀具，在【方法】下拉选项中选择【MILL_ROUGH】作为加工方法，其他选项为默认。完成以上操作后，单击【确定】按钮，如图 6-16 所示。

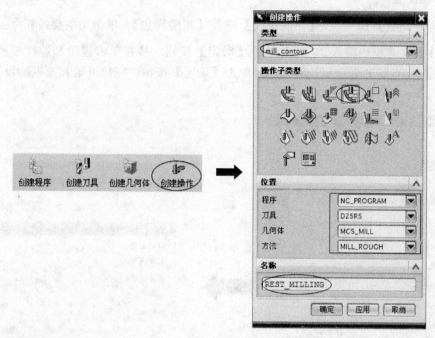

图　6-16

6.6.2　设置型腔铣加工参数

1. 几何体设置

在【型腔铣】对话框中的【几何体】选项中单击指定部件按钮 ，弹出【部件几何体】对话框；单击【全选】按钮，然后单击【确定】按钮返回到【型腔铣】对话框；单击【指定切削区域】按钮 ，在弹出的对话框中选取如图 6-17 所示区域，接着单击【确定】按钮返回到【型腔铣】对话框，完成几何体设置。

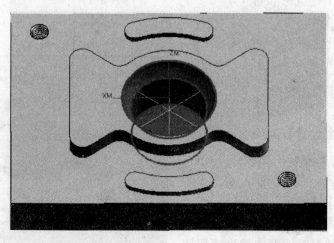

图　6-17

2. 刀轨设置

在【刀轨设置】选项中，【切削模式】选择【跟随周边】。单击切削层按钮，在【全局没到深度】文本框内输入 2，然后单击【确定】按钮。接着单击进给和速度按钮，在【主轴速度】文本框里面输入 1200，然后单击【确定】按钮，完成进给和速度的设置，如图 6-18 所示。

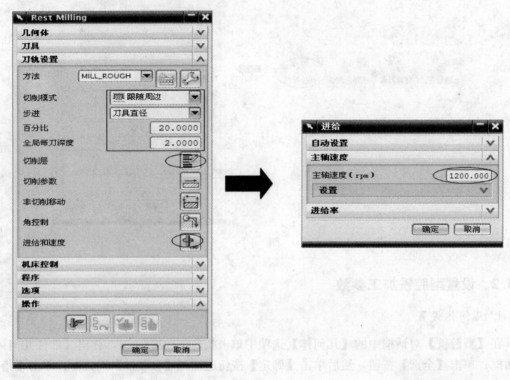

图　6-18

3. 设置切削参数

使用其默认设置。

4. 设置非切削运动参数

单击非切削移动按钮，弹出【非切削运动】对话框，再切换到【传递/快速】选项下，在【安全设置】选项中选择【平面】，然后单击选择安全平面按钮，并选择工件的上表面，在【偏置】文本框中输入 20，最后单击【确定】按钮。

5. 生成刀具轨迹

单击【型腔铣】对话框中的生成按钮，生成如图 6-19 所示的刀具轨迹。

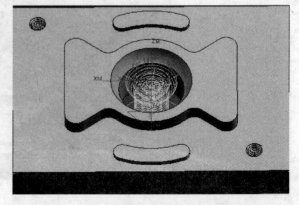

图　6-19

6. 模拟切削

单击【平面铣】对话框中的确认按钮 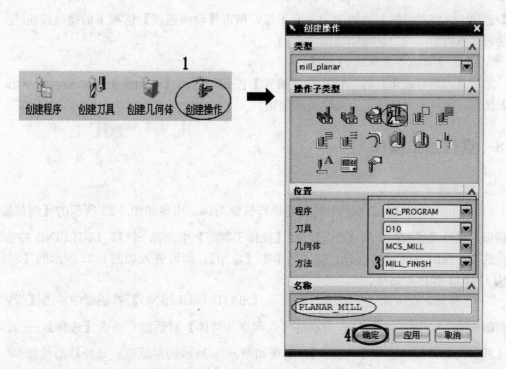，弹出【刀轨可视化】对话框，再单击【2D 动态】选项卡，将对话框右边的滚动条向下拉，单击【动画速度】选项下的播放按钮 ▶，此时绘图区域内会出现刀具模拟切削活动。

7. 完成平面铣刀具轨迹的创建

单击【刀轨可视化】对话框中的【确定】按钮，返回【平面铣】对话框，再单击【确定】按钮，完成平面铣加工刀具轨迹的创建。

6.7 模型挖槽精加工

6.7.1 选择加工方式

单击【插入】工具条上的创建操作按钮 ，或在【插入】下拉菜单中单击【操作】选项，进入【创建操作】对话框。在【类型】下拉菜单选项中选择【mill_planar】，即平面铣操作类型，在【操作子类型】区域选择 PLANAR_MILL 按钮 ，在【刀具】下拉选项中选择【D10】作为加工刀具，在【方法】下拉选项中选择【MILL_FINISH】为加工方法，其他选项为默认。完成以上操作后，单击【确定】按钮，如图 6-20 所示。

图 6-20

6.7.2　设置平面铣加工参数

1. 指定部件几何体

挖槽平面铣精加工的几何体设置与粗加工时的一样。

2. 设置驱动方式

在【刀轨设置】选项中，【切削模式】选择【配置文件】，【步进】选择【恒定】，在【距离】的文本框中输入 2。单击切削层按钮 ，弹出【切削深度参数】对话框，在【类型】选项中选择【固定深度】，在【最大值】文本框内输入 1，然后单击【确定】按钮。单击进给和速度按钮 ，在【主轴速度】文本框里面输入 2500，然后单击【确定】按钮，完成进给和速度的设置。

3. 设置切削参数

使用其默认设置。

4. 设置非切削运动参数

使用其默认设置。

5. 生成刀具轨迹

单击【平面铣】对话框中的生成按钮 ，生成刀具轨迹。

6. 模拟切削

单击【平面铣】对话框中的确认按钮 ，弹出【刀轨可视化】对话框，再单击【2D 动态】选项卡，将对话框右边的滚动条向下拉，单击【动画速度】选项下的播放按钮 ，此时绘图区域内会出现刀具模拟切削活动。

7. 完成平面铣刀具轨迹的创建

单击【刀轨可视化】对话框中的【确定】按钮，返回【平面铣】对话框，再单击【确定】按钮，完成平面铣加工刀具轨迹的创建。

6.8　点位加工操作

1. 钻 2 处中心孔

1）创建操作。单击工具条中的创建操作快捷图标，出现如图 6-21 所示的【创建操作】对话框，选择【类型】中的【drill】，在【操作子类型】中选择 SPOT_DRILLING 按钮 ，其他选项按照图 6-21 进行选择，完成后单击【应用】，即可进入如图 6-22 所示的【SPOT_DRILLING】操作对话框。

2）选择加工孔位置。在如图 6-22 所示【SPOT_DRILLING】对话框中单击【指定孔】右侧的按钮 ，进入如图 6-23 所示的【点到点几何体】对话框；单击【选择】，进入如图 6-24 所示的对话框；单击【一般点】，出现如图 6-25 所示的对话框；选择球心按钮 ，然后选择要加工孔的一段圆弧，单击【确定】按钮。重复同样的操作选取另外一个孔。

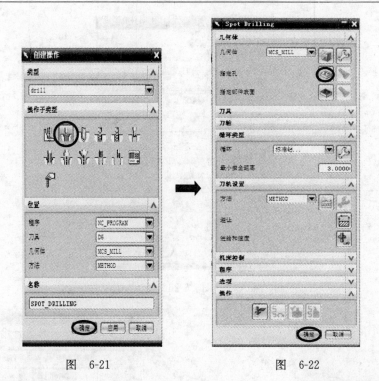

图　6-21　　　　　　　　　　　　　图　6-22

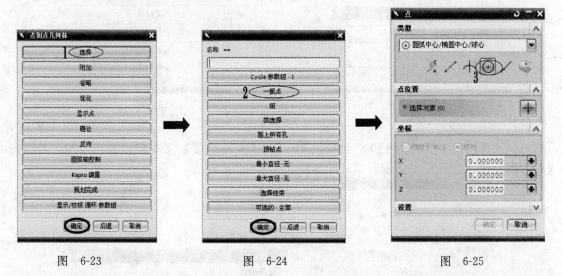

图　6-23　　　　　　　　　图　6-24　　　　　　　　　图　6-25

3）设置加工方式。如图 6-26 所示，在【循环类型】下的【循环】选项中选择【标准钻】方式，然后单击编辑按钮，弹出如图 6-27 所示的对话框；使用默认数值，接着单击【确定】按钮，弹出如图 6-28 所示的对话框；单击【Depth】按钮，选择【刀肩深度】，在弹出的文本框中输入 2，再单击【确定】按钮，单击【Rtrcto】按钮，接着单击【距离】按钮，在【退刀】文本框中输入 20，再单击【确定】按钮；单击【进给率】按钮，在【毫米每分钟】文本框中输入 100，再单击【确定】按钮；单击【Dwell】按钮，接着单击【秒】按钮，在弹出的对话框中输入 2，再单击【确定】按钮，返回到【Cycle 参数】对话框；单击【确定】按钮，完成循环方式的设置。

图　6-26

图　6-27

图　6-28

4）刀轨设置。单击进给和速度按钮 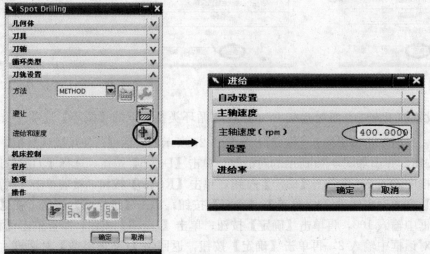，在【主轴速度】文本框内输入 400，再单击
【确定】按钮，如图 6-29 所示。

图　6-29

5）生成刀具轨迹。单击【Spot Drilling】对话框中的生成按钮 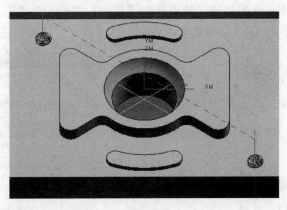，生成如图 6-30 所示的刀具轨迹。

图　6-30

2. 钻加工

1）创建操作。单击工具条中的创建操作快捷图标，弹出【创建操作】对话框，选择【类型】中的【drill】，在【操作子类型】中选择【DRILLING】，在【刀具】选项中选择【D8.9】，在【方法】选项中选择【Drill_Method】，其他选项默认，完成后单击【确定】按钮，即可进入如图 6-31 所示的操作对话框。

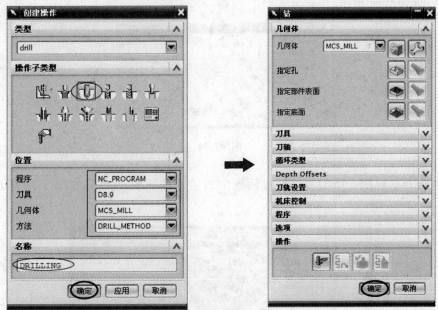

图　6-31

2）选择加工孔位置。【指定孔】和【指定部件表面】的操作和钻中心孔时的一样。

3）设置加工方式。在【循环类型】下的【循环】选项中选择【标准断屑钻】方式，弹出如图 6-32 所示的【指定参数组】对话框；单击【确定】按钮，弹出如图 6-33 所示的【Cycle 参数】对话框；单击【Depth】按钮，选择【刀尖深度】，在弹出的文本框中输入 16，

然后单击【确定】按钮；单击【进给率】按钮，在【毫米每分钟】文本框中输入 200，单击
【确定】按钮；单击【Dwell】按钮，接着单击【秒】按钮，在弹出的对话框中输入 2，单击
【确定】按钮；单击【Rtrcto】按钮，接着单击【距离】按钮，在【退刀】文本框中输入 20，
单击【确定】按钮；单击【Cycle 参数】对话框中的【确定】按钮，完成循环方式的设置。

图　6-32

图　6-33

4）刀轨设置。单击进给和速度按钮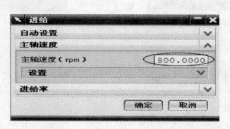，在【主轴速度】文本框内输入 800，单击【确
定】按钮，如图 6-34 所示。

图　6-34

5）生成刀具轨迹。单击【钻】对话框中的生成按钮，生成如图 6-35 所示的刀具
轨迹。

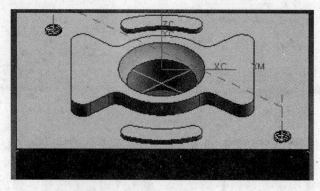

图　6-35

3. 攻螺纹加工

1) 创建操作。单击工具条中的创建操作快捷图标，弹出【创建操作】对话框，【类型】选择【drill】，【操作子类型】选择【TAPPING】，【刀具】选择【D9】，【方法】选择【DRILLING_METHOD】，其他选项默认，完成后单击【确定】按钮，即可进入如图 6-36 所示的【Tapping】操作对话框。

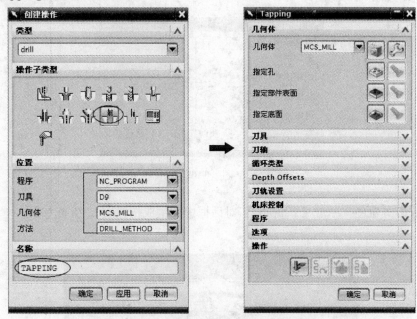

图　6-36

2) 选择加工孔位置。【指定孔】和【指定部件表面】的操作和钻中心孔时的一样。

3) 设置加工方式。在【循环类型】下的【循环】选项中选择【标准攻螺纹】方式，再单击编辑按钮 🪛，弹出如图 6-37 所示的【指定参数组】对话框；单击【确定】按钮，弹出如图 6-38 所示的【Cycle 参数】对话框；单击【Depth】按钮，选择【刀尖深度】按钮，在弹出的文本框中输入 12，然后单击【确定】按钮；单击【进给率】按钮，在【毫米每分钟】文本框中输入 70，单击【确定】按钮；单击【Dwell】按钮，接着单击【秒】按钮，在弹出

图　6-38

图　6-37

的对话框中输入 2，单击【确定】按钮；单击【Rtrcto】按钮，接着单击【距离】按钮，在【退刀】文本框中输入 20，单击【确定】按钮；单击【Cycle 参数】对话框中的【确定】按钮，完成循环方式的设置。

4）刀轨设置。单击进给和速度按钮 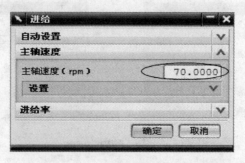，在【主轴速度】文本框内输入 70，再单击【确定】按钮，如图 6-39 所示。

图　6-39

5）生成刀具轨迹。单击【Tapping】对话框中的生成按钮 ，生成如图 6-40 所示的刀具轨迹。

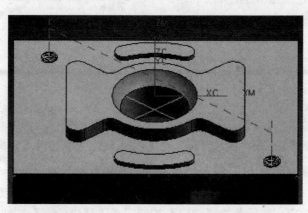

图　6-40

第 7 章　凸轮凸模加工

7.1　工件分析

　　如图 7-1 所示，模型的总体尺寸为 190mm×250mm×32mm。此图形全部由凸台组成，大凸台上有一 C1 倒角。模型可以选用较大的刀具进行开粗加工，然后半精加工，再精加工。

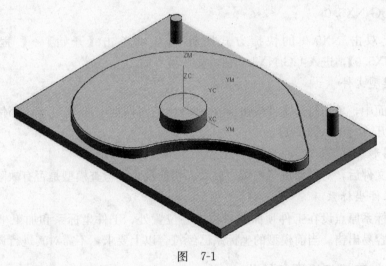

图　7-1

7.2　工艺规划

　　1. 毛坯

尺寸：190mm×250mm×40mm。

材料：P20。

　　2. 工件安装

利用标准垫块使毛坯高于平口虎钳 32mm 以上，再夹紧安装到机床上。

　　3. 加工坐标原点

XY：分中；Z：工件顶面。

　　4. 工步安排

　　本工件的形状较为简单，没有尖角或者很小的圆角，表面质量也没有特别的要求，可以选用一把 φ16R1 圆角刀进行开粗加工，然后利用 φ16R1 圆角刀半精加工，再用 φ10mm 平刀对型芯进行精加工。具体工步见表 7-1。

表 7-1　型芯加工工步表

序　号	加工内容	进给方式	刀具	转速/(r/min)	进给速度/(mm/min)
01	型芯开粗加工	型腔铣	$\phi16R1$ 圆角刀	1800	1200
02	整体半精加工	等高轮廓铣	$\phi16R1$ 圆角刀	2500	800
03	型芯精加工	固定轴铣	$\phi10mm$ 平刀	3000	800
04	清角精加工	固定轴铣	$\phi10mm$ 平刀	2500	800

7.3　模型初始设置

7.3.1　打开模型文件

1. 打开 UG NX5.0

在桌面上双击 NX5.0 的快捷方式图标 ，或单击【开始】/【 程序】/【UG NX5.0】/【NX5.0】，进入 UG NX5.0 初始化环境界面。

2. 打开模型文件

在启动界面中，单击打开文件按钮 ，在弹出的对话框中选择 x7.prt 部件文件，单击【OK】按钮打开 x7.prt（图 7-1）。

3. 检查图形文件

打开图形文件后，对模型进行旋转、放大、切换视角，检查模型是否有缺陷、错误。

4. 确认工件坐标系

把工件坐标系原点设在工件顶面的对称中心位置处，工件坐标系和加工坐标系统一起来，这样就不容易出错。当前模型的坐标系已经符合以上要求，不需对其进行调整。

7.3.2　进入加工模组设置初始化

1. 进入加工模块

具体步骤如图 7-2 所示。

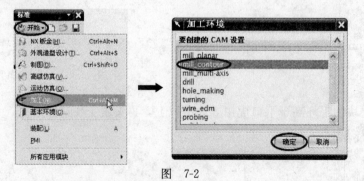

图　7-2

2. 设置加工方法视图

单击操作导航器按钮 ，在打开的选项卡中单击右上角的锁定按钮 ，使其变成锁定状态 ，再在操作导航器选项卡内单击鼠标右键，在弹出的快捷菜单中选择【几何视图】。

3. 设置加工坐标系

双击操作导航器内的【MCS_MILL】⊕ ⛾ MCS_MILL，弹出机床坐标系对话框；单击【指定 MCS】中的按钮🖱，弹出【CSYS】对话框；单击动态按钮⛾，然后单击【确定】按钮，完成加工坐标系的设置。

4. 设置安全高度

在返回的【机床坐标系】对话框中单击【安全设置】的下拉菜单，选择【平面】选项，此时单击选择平面按钮🔧，弹出【平面构造器】对话框；单击【XC-YC】平面按钮 XC-YC，在【偏置】文本框中输入 20，完成后单击【确定】按钮，接着单击【机床坐标系】对话框的【确定】按钮，完成安全高度的设置。

5. 选择部件

具体步骤如图 7-3 所示。

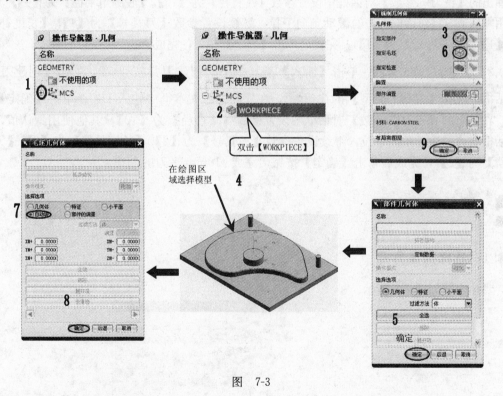

图 7-3

6. 设置加工方法参数

1) 设置粗加工方法参数。在【操作导航器-加工方法】选项卡内双击【MILL_ROUGHS】加工方法，弹出【铣削方法】对话框，设置【部件余量】为【0.5】；单击进给和速度按钮📐，弹出【进给和速度】对话框，设置【切削】为 1200mmpm，【进刀】为 600mmpm；完成后单击【确定】按钮，返回【铣削方法】对话框后单击【确定】按钮，完成粗加工的切削参数设置。

2) 设置半精加工方法参数。在【操作导航器-加工方法】选项卡内双击【MILL_SEMI_FINISH】加工方法，弹出【铣削方法】对话框，设置【部件余量】为【0.2】；单击进给和速度按钮，弹出【进给和速度】对话框，设置【切削】为 800mmpm，【进刀】为 400mmpm；完成后单击【确定】按钮，返回【切削方法】对话框后单击【确定】按钮，完成半精加工的切削参数设置。

3）设置精加工方法参数。在【操作导航器-加工方法】选项卡内双击【MILL_FINISH】加工方法，弹出【铣削方法】对话框，设置【部件余量】为 0；单击进给和速度按钮，弹出【进给】对话框，设置【切削】为 800mmpm，【进刀】为 400mmpm；完成后单击【确定】按钮，返回【铣削方法】对话框后单击【确定】按钮，完成精加工的切削参数设置。

7. 创建刀具

1）创建 ϕ16r1 圆角刀。单击【插入】工具条中的创建刀具按钮，弹出【创建刀具】对话框，选择【刀具子类型】的按钮，在【名称】文本框中输入 D16；单击【确定】按钮，在弹出的【铣刀-5 参数】对话框中设置参数（【直径】为【16】，【底圆角半径】为【1】，其他使用默认值，将对话框右边的滚动条向下拉，继续设置参数【刀具号】为【1】，【长度补偿】为【1】，【刀具补偿】为【1】），完成后单击【确定】按钮，完成 ϕ16r1 圆角刀的创建。

2）创建 ϕ10mm 平刀。单击【插入】工具条中的创建刀具按钮，弹出【创建刀具】对话框，选择【刀具子类型】的按钮，在【名称】文本框中输入 D10；单击【确定】按钮，在弹出的【铣刀-5 参数】对话框中设置参数（【直径】为【10】，其他使用默认值，将对话框右边的滚动条向下拉，继续设置参数【刀具号】为【2】，【长度补偿】为【2】；【刀具补偿】为【2】），完成后单击【确定】按钮，完成 ϕ10mm 平刀的创建。

7.4　型芯开粗加工

7.4.1　选择加工方式

具体步骤如图 7-4 所示。

单击创建操作按钮 ➡

图　7-4

7.4.2　设置型腔铣加工参数

1. 刀轨设置

具体步骤如图 7-5 所示。

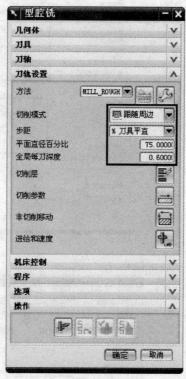

图　7-5

2. 设置切削参数

具体步骤如图 7-6 所示。

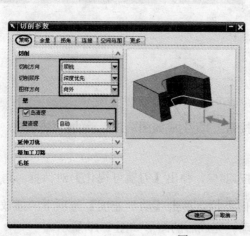

图　7-6

3. 设置非切削移动参数

具体步骤如图 7-7 所示。

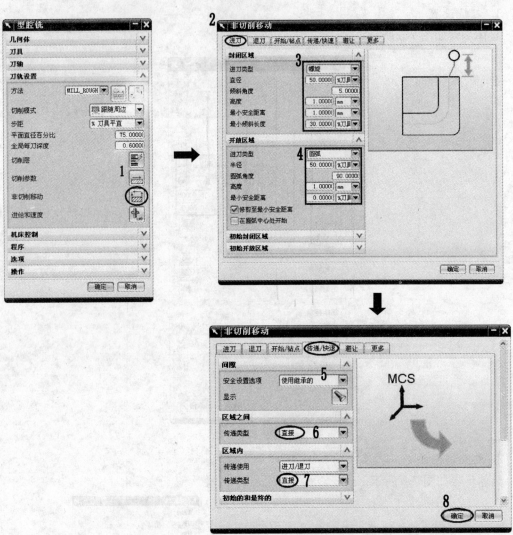

图　7-7

4. 设置进给和速度参数

具体步骤如图 7-8 所示。

5. 生成刀具轨迹

单击【型腔铣】对话框中的生成按钮，生成如图 7-9 所示的刀具轨迹。

6. 模拟切削

单击【型腔铣】对话框中的确认按钮，弹出【刀轨可视化】对话框，再单击【2D 动态】选项卡，将对话框右边的滚动条向下拉，单击【动画速度】选项下的播放按钮，此时绘图区域内会出现刀具模拟切削活动。完成后的图形如图 7-10 所示。

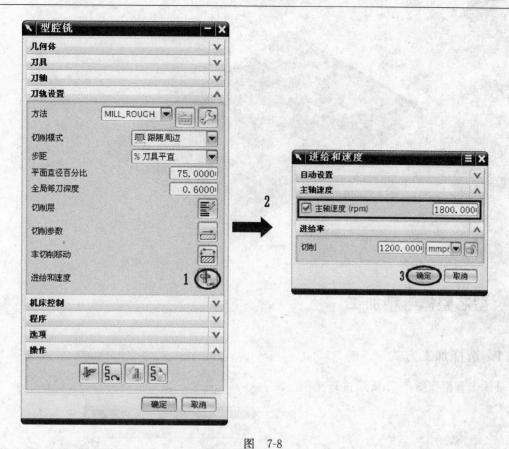

图　7-8

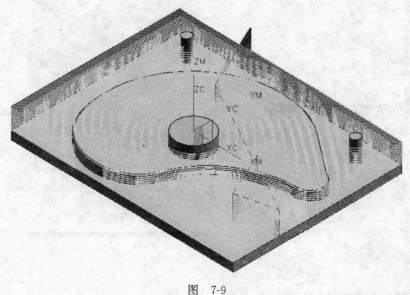

图　7-9

7. 完成型腔铣加工刀具轨迹的创建

单击【刀轨可视化】对话框中的【确定】按钮，返回【型腔铣】对话框，再单击【确定】按钮，完成型腔铣加工刀具轨迹的创建。

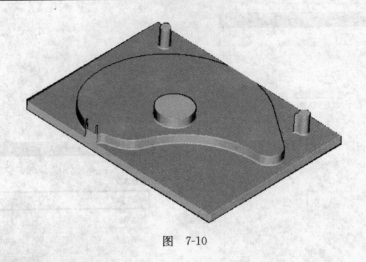

图　7-10

7.5　型芯整体半精加工

7.5.1　选择加工方式

具体步骤根据图 7-11 所示进行操作。

单击创建操作按钮

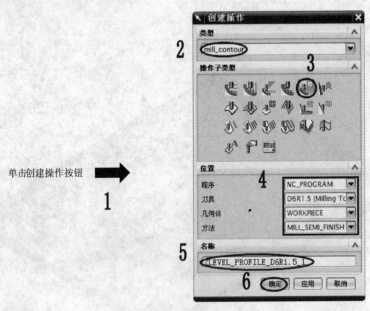

图　7-11

7.5.2　设置深度加工轮廓铣加工参数

1. 刀轨设置

具体步骤如图 7-12 所示。

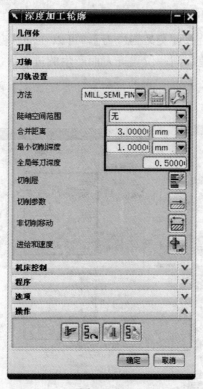

图　7-12

2. 设置切削参数

具体步骤如图 7-13 所示。

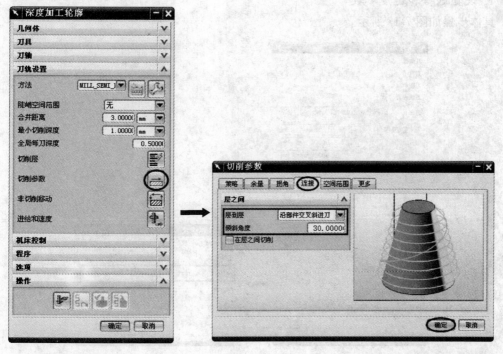

图　7-13

行家指点：

　　层到层的连接方式为【沿部件交叉斜进刀】，可以在部件变换进刀位置，并且进刀位置成螺旋状分布，这样可以避免在同一位置进刀而产生的进刀痕。

3. 设置非切削移动参数

具体步骤如图 7-14 所示。

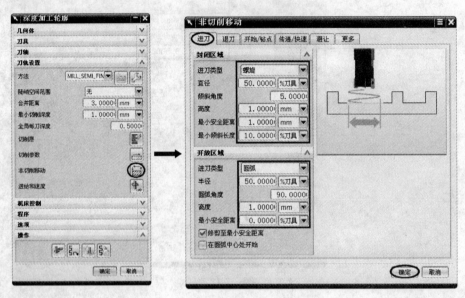

图　7-14

4. 设置进给和速度参数

具体步骤如图 7-15 所示。

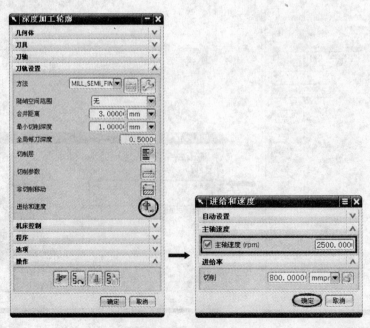

图　7-15

5. 生成刀具轨迹

单击【深度加工轮廓】对话框中的生成按钮 ，生成如图 7-16 所示的刀具轨迹。

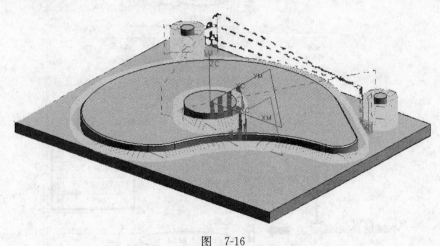

图　7-16

6. 模拟切削

单击【深度加工轮廓】对话框中的确认按钮 ，弹出【刀轨可视化】对话框，再单击【2D 动态】选项卡，将对话框右边的滚动条向下拉，单击【动画速度】选项下的播放按钮 ，此时绘图区域内会出现刀具模拟切削活动。完成后的图形如图 7-17 所示。

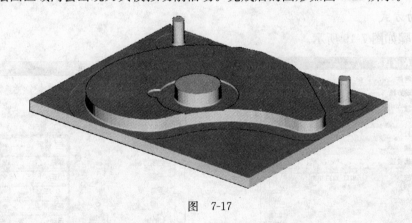

图　7-17

7. 完成深度加工轮廓加工刀具轨迹的创建

单击【刀轨可视化】对话框中的【确定】按钮，返回【深度加工轮廓】对话框，再单击【确定】按钮，完成深度加工轮廓加工刀具轨迹的创建。

7.6　型芯整体精加工

7.6.1　选择加工方式

具体步骤如图 7-18 所示进行操作。

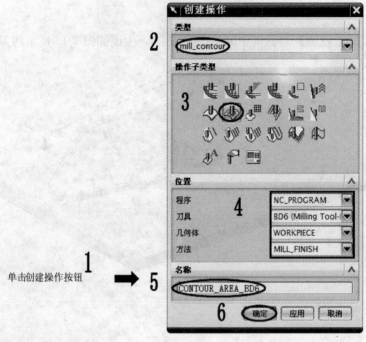

图 7-18

7.6.2 设置轮廓区域铣加工参数

1. 驱动方式

具体步骤如图 7-19 所示。

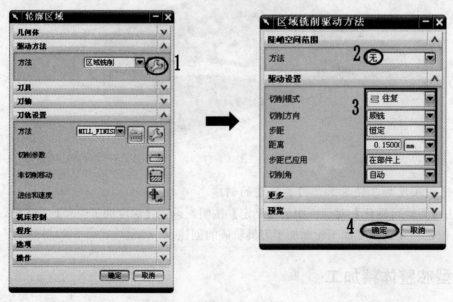

图 7-19

行家指点：

【步距已应用】：在平面上，指刀具路径垂直投影在切削区域；在部件上，指刀具路径应用在切削区域表面上。

2. 设置切削参数

使用其默认设置。

3. 设置非切削移动参数

具体步骤如图 7-20 所示。

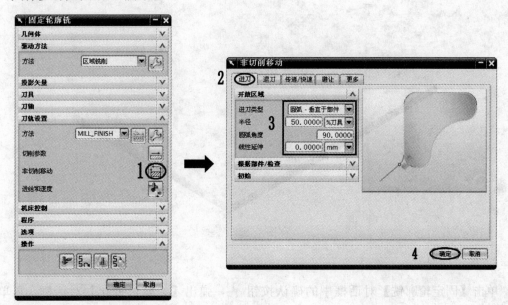

图　7-20

4. 设置进给和速度参数

具体步骤如图 7-21 所示。

 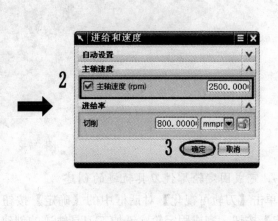

图　7-21

5. 生成刀具轨迹

单击【固定轮廓铣】对话框中的生成按钮，生成如图 7-22 所示的刀具轨迹。

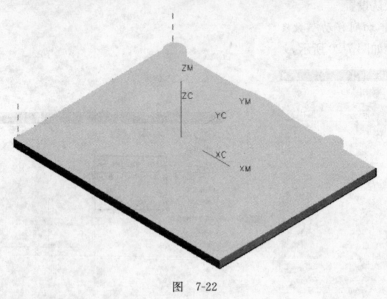

图　7-22

6. 模拟切削

单击【固定轮廓铣】对话框中的确认按钮，弹出【刀轨可视化】对话框，再单击【2D 动态】选项卡，将对话框右边的滚动条向下拉，单击【动画速度】选项下的播放按钮，此时绘图区域内会出现刀具模拟切削活动。完成后的图形如图 7-23 所示。

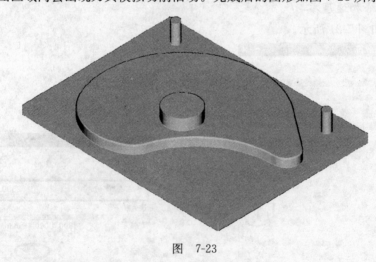

图　7-23

7. 完成固定轮廓铣刀具轨迹的创建

单击【刀轨可视化】对话框中的【确定】按钮，返回【固定轮廓铣】对话框，再单击【确定】按钮，完成固定轮廓铣加工刀具轨迹的创建。

7.7　型芯清角加工

7.7.1　选择加工方式

具体步骤如图 7-24 所示。

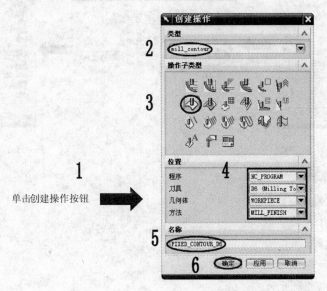

图　7-24

7.7.2　设置轮廓铣加工参数

1. 指定切削区域

具体步骤如图 7-25 所示。

图　7-25

2. 设置驱动方式

具体步骤如图 7-26 所示。

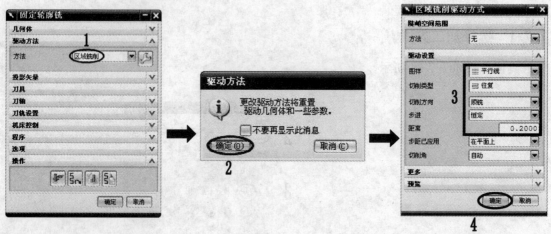

图　7-26

3. 设置切削参数

使用其默认设置。

4. 设置非切削运动参数

使用其默认设置。

5. 设置进给和速度参数

具体步骤如图 7-27 所示。

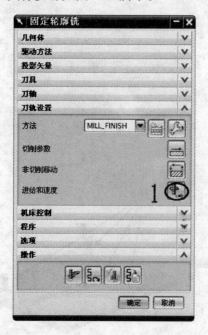 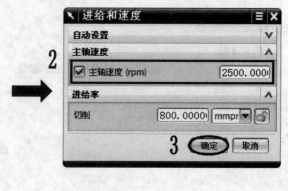

图　7-27

6. 生成刀具轨迹

单击【固定轮廓铣】对话框中的生成按钮 ，生成如图 7-28 所示的刀具轨迹。

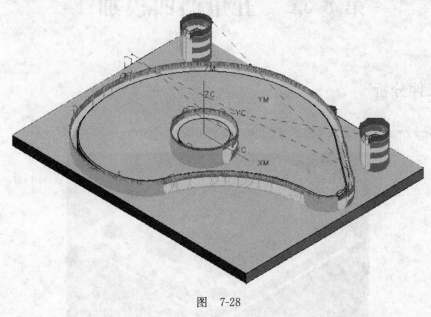

图 7-28

7. 模拟切削

单击【固定轮廓铣】对话框中的确认按钮 ，弹出【刀轨可视化】对话框，再单击【2D 动态】选项卡，将对话框右边的滚动条向下拉，单击【动画速度】选项下的播放按钮 ，此时绘图区域内会出现刀具模拟切削活动。完成后的图形如图 7-29 所示。

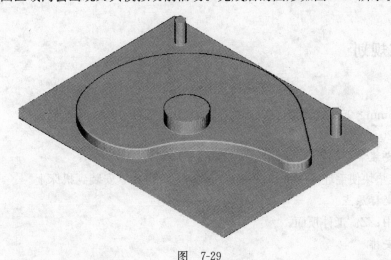

图 7-29

8. 完成固定轮廓铣加工刀具轨迹的创建

单击【刀轨可视化】对话框中的【确定】按钮，返回【固定轮廓铣】对话框，再单击【确定】按钮，完成固定轮廓铣加工刀具轨迹的创建。

第8章 五角凸凹模加工

8.1 工件分析

如图 8-1 所示，模型的总体尺寸为 96mm×96mm×50mm。

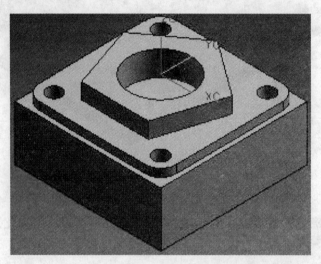

图 8-1

8.2 工艺规划

1. 毛坯

尺寸：96mm×96mm×50mm。

材料：P20。

2. 工件安装

利用标准垫块使毛坯高于平口虎钳 10mm 以上，再夹紧安装到机床上。

3. 加工坐标原点

XY：分中；Z：工件顶面。

4. 工步安排

本工件的形状较为复杂，没有特别小的圆角，表面质量没有特别的要求，工步安排如下：

1) 选用 φ16mm 的硬质合金镶刀片平刀进行开粗加工，然后用 φ10mm 平刀对凹槽进行精加工。具体的加工工步见表 8-1。

表 8-1　型腔铣加工工步表

序　　号	加工内容	进给方式	刀　　具	转速/(r/min)	进给速度/(mm/min)
01	型腔开粗加工	CAVITY-MILL	ϕ16mm 平刀	1000	500
02	型腔精加工	CAVITY-MILL	ϕ10mm 平刀	1500	300

2）选用 ϕ6mm 的中心钻钻工件表面 4 处中心孔，然后利用 ϕ10mm 的麻花钻钻工件表面 4 处 ϕ10mm 的孔，孔深为 12mm。具体的加工工步见表 8-2。

表 8-2　点位加工工步表

序　　号	加工内容	刀　　具	加工位置选择	循环方式	循环组参数设置			
					组　数	切削深度/mm	暂停时间/s	进给速度/(mm/min)
1	钻 4 处中心孔	ϕ6mm 中心钻	面上所有孔	标准钻	1	2	2	100
2	钻 4 处 ϕ10mm 通孔	ϕ10mm 麻花钻	面上所有孔	标准断屑钻	1	通过底面	2	200

8.3　模型初始设置

8.3.1　打开模型文件

1. 打开 UG NX5.0

在桌面上双击 NX5.0 的快捷方式图标 ，或单击【开始】/【程序】/【UG NX5.0】/【NX5.0】，进入 UG NX5.0 初始化环境界面。

2. 打开模型文件

在启动界面中，单击打开文件按钮 ，在弹出的对话框中选择 X8.prt 部件文件，单击【OK】按钮打开 X8.prt（图 8-1）。

3. 检查图形文件

打开图形文件后对模型进行旋转、放大、切换视角，检查模型是否有缺陷、错误。

4. 确认工件坐标系

把工件坐标系原点设在工件顶面的对称中心位置处，工件坐标系和加工坐标系统一起来，这样就不容易出错。当前模型的坐标系已经符合以上要求，不需对其进行调整。

8.3.2　进入加工模组设置初始化

1. 进入加工模块

具体步骤如图 8-2 所示。

2. 设置加工坐标系

双击操作导航器内的【MCS_MILL】 MCS_MILL，弹出机床坐标系对话框；单击【指定 MCS】中的 按钮，弹出【CSYS】对话框；单击动态按钮 ，然后单击【确定】按

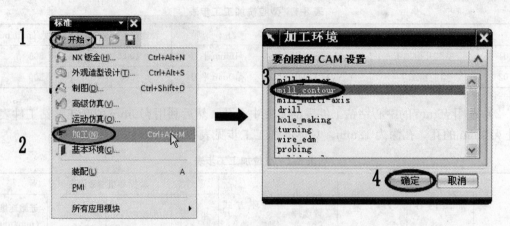

图 8-2

钮，完成加工坐标系的设置。

3. 创建刀具

1）创建 φ16mm 平刀。在工具条快捷图标中单击创建刀具按钮 ，弹出【创建刀具】对话框；【类型】选择【mill_planar】，再选择【刀具子类型】的按钮 ，在【名称】文本框中输入 D16，单击【确定】按钮；在弹出的【Milling Tool-5 Parameters】对话框中设置参数（【直径】为【16】，其他使用默认值，将对话框右边的滚动条向下拉，继续设置参数【刀具号】为【1】，【长度补偿】为【1】，【刀具补偿】为【1】），完成后单击【确定】按钮，完成 φ16mm 平刀的创建。

2）创建 φ6mm 中心钻。在工具条快捷图标中单击创建刀具按钮 ，弹出【创建刀具】对话框；【类型】选择【drill】，再选择【刀具子类型】的按钮 ，在【名称】文本框中输入 D6，单击【确定】按钮；在弹出的【Milling Tool-5 Parameters】对话框中设置参数（【直径】为【6】，其他使用默认值，将对话框右边的滚动条向下拉，继续设置参数【刀具号】为【2】；【长度补偿】为【2】，【刀具补偿】为【2】），完成后单击【确定】按钮，完成 φ6mm 中心钻的创建。

3）按照同样的方法，分别创建好第 3、4 把钻削刀具，名称和参数见表 8-3。

表 8-3　创建刀具参数表

刀　号	子类型图标	名　称	类　型	刀具直径/mm	有效长度/mm
1		D16	平刀	16	50
2		D6	中心钻	2	50
3		D10	平刀	10	50
4		D10	麻花钻	10	70

4. 构建毛坯

在 Modeling 环境中建模的状态下，利用拉伸功能，选择底面为拉伸对象，在拉伸对话框内的【方向】中选【反向】，【限制】终点处输入 52，如图 8-3 所示，再单击【确定】按钮。

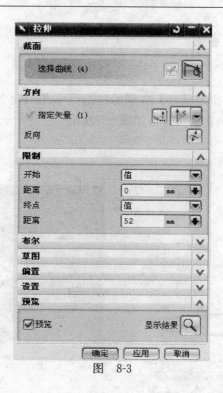

图　8-3

8.4　型腔开粗加工

8.4.1　选择加工方式

具体步骤如图 8-4 所示。

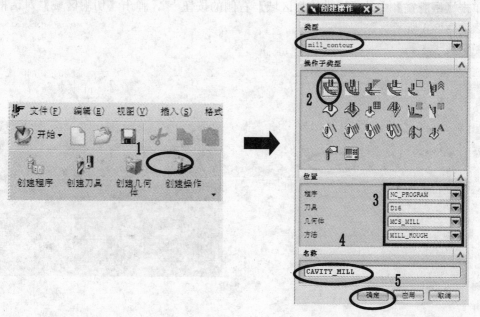

图　8-4

8.4.2　设置型腔铣加工参数

1. 指定部件

单击【型腔铣】中的【指定部件】右侧的按钮 ，在【部件几何体】对话框中选中毛坯或者选【全选】，再按【确定】按钮，如图 8-5 所示。

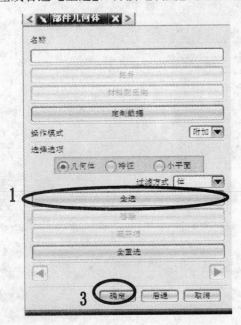

图　8-5

2. 指定切削区域

单击【型腔铣】中的【指定切削区域】右侧的按钮 ，弹出【切削区域】对话框，具体步骤如图 8-6 所示。

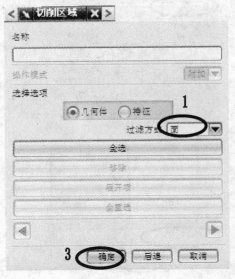

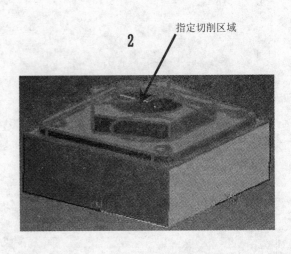

图　8-6

3. 设置刀轨参数

具体步骤如图 8-7 所示。

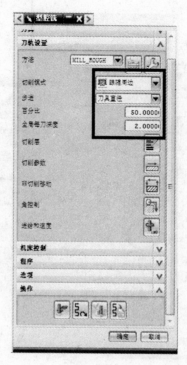

图 8-7

4. 设置切削参数

具体步骤如图 8-8 所示。

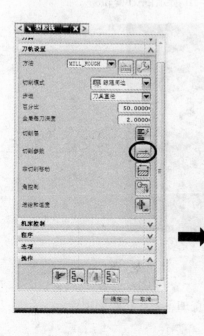
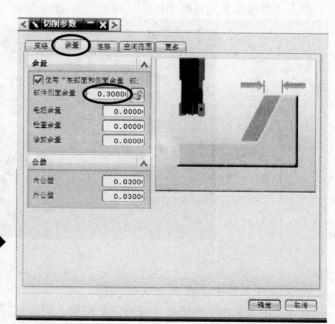

图 8-8

5. 设置进给和速度参数

具体步骤如图 8-9 所示。

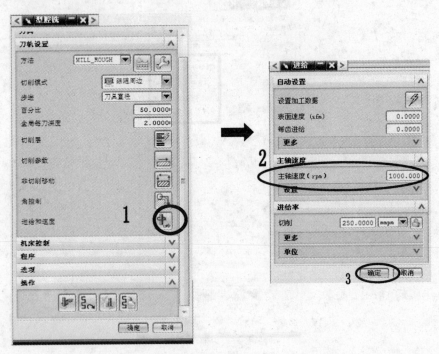

图　8-9

6. 生成刀具轨迹

单击【型腔铣】对话框中的生成按钮 ，生成如图 8-10 所示的刀具轨迹。

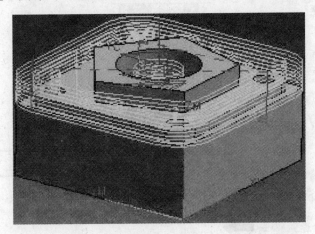

图　8-10

7. 完成型腔铣加工刀具轨迹的创建

在【型腔铣】对话框中单击【确定】按钮，完成型腔铣加工刀具轨迹的创建。

8.5　型腔精加工

8.5.1　复制型腔铣操作

1. 复制刀具路径

在操作导航器中选中【CAVITY_MILL】操作，单击鼠标右键，在弹出的快捷菜单中选择【复制】。

2. 粘贴刀具路径

在操作导航器中选中【CAVITY_MILL】操作，单击鼠标右键，在弹出的快捷菜单中选择【粘贴】。

8.5.2　修改型腔铣加工参数

在操作导航器中的双击【CAVITY_MILL】操作，进入【型腔铣】对话框，将刀具更换为 D10，刀轨参数不变。

1. 修改切削参数

具体步骤如图 8-11 所示，将【部件侧面余量】改为 0。

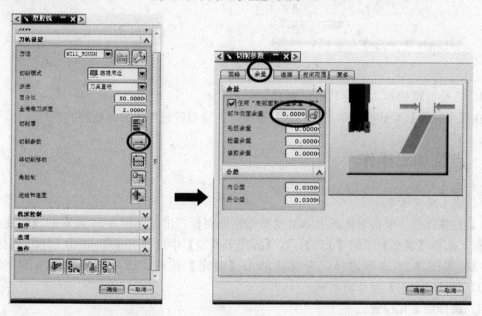

图　8-11

2. 修改进给和速度参数

具体步骤如图 8-12 所示，将【主轴速度】改为 1500r/min。

3. 生成刀具轨迹

单击【型腔铣】对话框中的生成按钮 [图标] 。

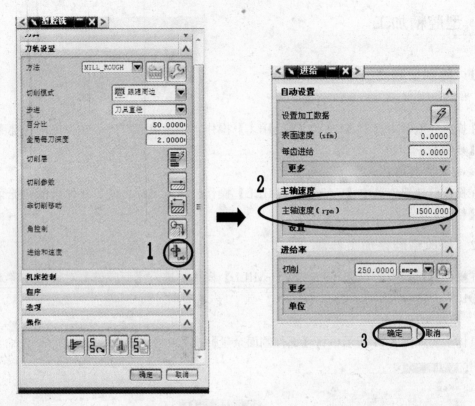

图 8-12

4. 完成型腔铣加工刀具轨迹的创建

在【型腔铣】对话框中单击【确定】按钮，完成型腔铣加工刀具轨迹的创建。

8.6 点位加工操作

1. 钻 4 处中心孔

1）创建操作。单击工具条中的创建操作快捷图标，出现如图 8-13 所示的【创建操作】对话框，选择【类型】中的【drill】，在【操作子类型】中选择 SPOT_DRILLING 图标，其他选项按照图 8-13 进行选择，完成后单击【确定】按钮，即可进入如图 8-14 所示的【SPOT_DRILLING】操作对话框。

2）选择加工孔位置。

① 在【SPOT_DRILLING】对话框中，单击【指定孔】右侧的按钮，进入如图 8-15 所示的【点到点几何体】对话框；单击【选择】，进入如图 8-16 所示的对话框；单击【Cycle 参数组-1】，出现如图 8-17 所示的对话框；单击【参数组 1】，确定后返回到图 8-18 所示的对话框；单击【面上所有孔】，并在视图窗口中选中主模型顶面，出现如图 8-19 所示的对话框；单击【确定】按钮即可。

图　8-13

图　8-14

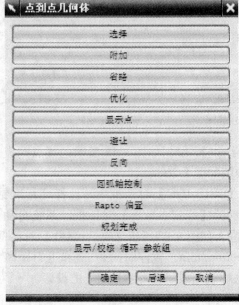

图　8-15

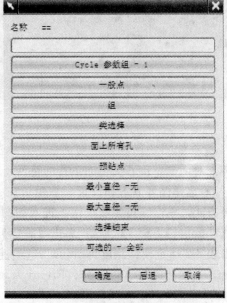

图　8-16

图　8-17

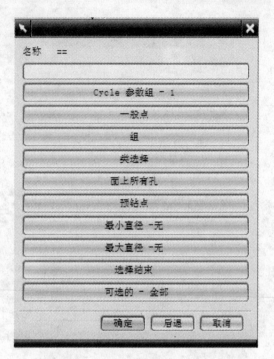

图　8-18

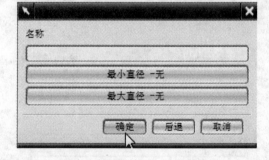

图　8-19

　　② 在如图 8-18 所示的对话框中，单击【选择结束】，回到如图 8-15 所示的【点到点几何体】对话框，接着优化加工孔的路径，其具体步骤如图 8-20 所示。

　　3）选择循环方式和设置参数组。在【SPOT_DRILLING】对话框中，选择【标准钻】循环方式，单击编辑参数按钮，进入如图 8-21 所示的【指定参数组】对话框，系统自动显示【Number of Sets】为 1；单击【确定】按钮，进入如图 8-22 所示【Cycle 参数】对话框，参考表 8-2 指定模型深度为 2mm、进给速度为 100mm/min、暂停时间为 2s 和退刀距离为 3mm，主轴转速为 500r/min，Rtrcto 为 20mm，这样就完成了循环参数组 1 的设置。

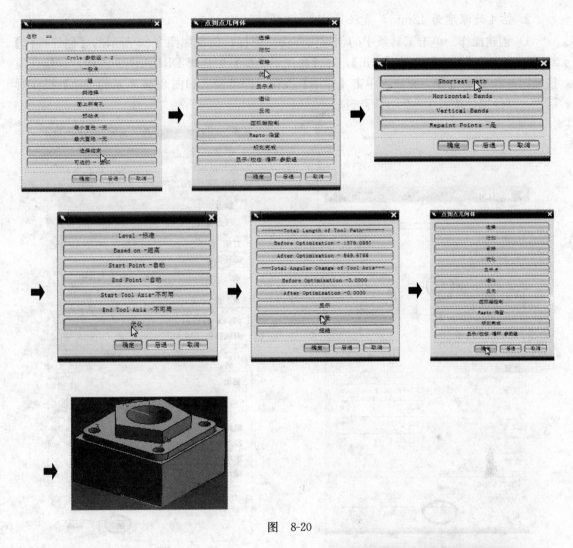

图　8-20

图　8-21

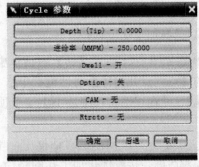

图　8-22

4）生成刀具轨迹。单击【SPOT_DRILLING】对话框中的生成按钮 。

5）完成钻中心孔加工刀具轨迹的创建。在【SPOT_DRILLING】对话框中单击【确定】按钮，完成中心孔加工刀具轨迹的创建。

2. 钻 4 处深度为 12mm，直径为 ϕ10mm 的孔

1) 创建操作。单击工具条中的创建操作快捷图标，出现如图 8-23 所示的【创建操作】对话框，选择【类型】中的【drill】，在【操作子类型】中选择 DRILLING 图标，其他选项按照图 8-23 进行选择，完成后单击【应用】按钮，即可进入如图 8-24 所示的【钻】操作对话框，其他选项按照图 8-24 进行选择。

图　8-23

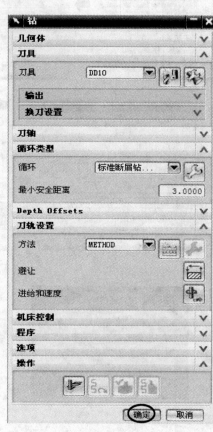

图　8-24

2) 选择加工孔位置。

① 在如图 8-24 所示【钻】对话框中，单击【指定孔】右侧的按钮，便进入如图 8-15 所示的【点到点几何体】对话框；单击【选择】，进入如图 8-16 所示的对话框；单击【面上所有孔】，并在视图窗口中选中主模型顶面，出现如图 8-19 所示的对话框；单击【确定】按钮即可。

② 在如图 8-18 所示的对话框中，单击【选择结束】，回到如图 8-15 所示的【点到点几何体】对话框，接着优化加工孔的路径，具体步骤可参照图 8-20。

3) 设置进给和速度参数。具体参数的设置如图 8-25 所示。

4) 选择循环方式和设置参数组。在【钻】对话框中，选择【标准断屑钻】循环方式，单击编辑参数按钮，进入如图 8-21 所示的【指定参数组】对话框，系统自动显示【Number of Sets】为 1；单击【确定】按钮，进入如图 8-22 所示【Cycle 参数】对话框；参考表 8-2，单击【Depth】选项，在出现的【Cycle 深度】对话框中单击【刀尖深度】选项，输入深度

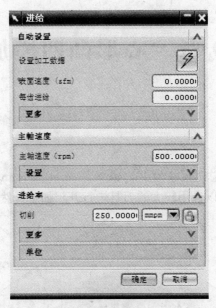

图　8-25

值为 12mm，进给速度为 200mm/min、暂停时间为 2s 和退刀距离为 3mm，主轴转速为 500r/min，Rtrcto 为 20mm，这样就完成了循环参数组 1 的设置。

5）生成刀具轨迹。单击【DRILLING】对话框中的生成按钮即可。

6）完成钻深孔加工刀具轨迹的创建

在【DRILLING】对话框中单击【确定】按钮，完成钻深孔加工刀具轨迹的创建。

第 9 章 心形凸凹模加工

9.1 工件分析

如图 9-1 所示，模型的总体尺寸为 150mm×150mm×50mm。此图形由曲面和平面所组成，模型比较简单。模型可以选用较大的刀具进行开粗加工，然后再进行精加工。

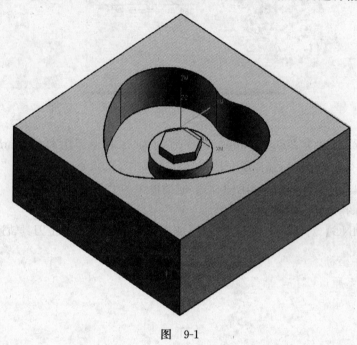

图 9-1

9.2 工艺规划

1. 毛坯

尺寸：150mm×150mm×58mm。

材料：P20。

2. 工件安装

利用标准垫块使毛坯高于平口虎钳 50mm 以上，再夹紧安装到机床上。

3. 加工坐标原点

XY：分中；Z：工件顶面。

4. 工步安排

本工件的形状较为简单，没有尖角或者很小的圆角，表面质量没有特别的要求，所以选

用一把 ϕ16R2 的圆角刀进行开粗加工，然后利用 ϕ16mm 平刀进行型腔的精加工，最后用 ϕ16mm 平刀进行底平面精加工。

表 9-1 型芯加工工步表

序　号	加 工 内 容	进 给 方 式	刀　具	转速/(r/min)	进给速度/(mm/min)
01	型芯开粗加工	型腔铣	ϕ16R2	1000	500
02	型芯精加工	等高轮廓铣	ϕ16mm	1500	300
03	底平面精加工	平面铣加工	ϕ16mm	1500	300

9.3　模型初始设置

9.3.1　打开模型文件

1. 打开 UG NX5.0

在桌面上双击 NX5.0 的快捷方式图标 ，或单击【开始】/【程序】/【UG NX5.0】/【NX5.0】，进入 UG NX5.0 初始化环境界面。

2. 打开模型文件

在启动界面中，单击打开文件按钮 ，在弹出的对话框中选择 t9-1.prt 部件文件，单击【OK】按钮打开 t9-1.prt（图 9-1）。

3. 检查图形文件

打开图形文件后，对模型进行旋转、放大、切换视角，检查模型是否有缺陷、错误。

4. 确认工件坐标系

把工件坐标系原点设在工件顶面的对称中心位置处，工件坐标系和加工坐标系统一起来，这样就不容易出错。当前模型的坐标系已经符合以上要求，不需对其进行调整。

9.3.2　进入加工模组设置初始化

1. 进入加工模块

具体步骤如图 9-2 所示。

2. 设置加工方法视图

单击操作导航器按钮 ，在打开的选项卡中单击右上角的锁定按钮 ，使其变成锁定状态 ，在操作导航器选项卡内，单击鼠标右键，在弹出的快捷菜单中选择【几何视图】。

3. 设置加工坐标系

双击操作导航器内的【MCS_MILL】 MCS_MILL，弹出机床坐标系对话框；单击【指定 MCS】中的按钮 ，弹出【CSYS】对话框；单击动态按钮 ，然后单击【确定】按钮，完成加工坐标系的设置。

4. 设置安全高度

在返回的【机床坐标系】对话框中单击【安全设置】选项的下拉菜单，选择【平面】选

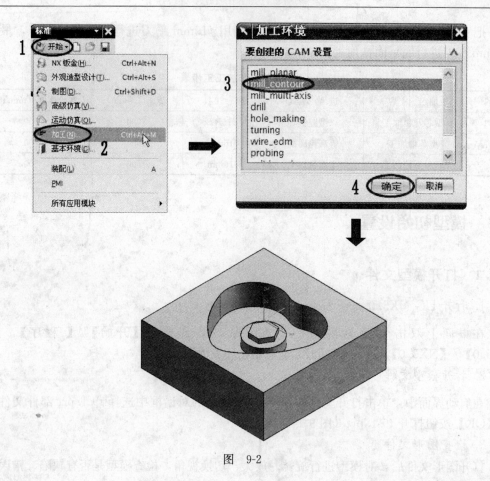

图　9-2

项，此时单击选择平面按钮，弹出【平面构造器】对话框；单击 XC-YC 平面按钮，在【偏置】文本框中输入 20；完成后单击【确定】按钮，接着单击【机床坐标系】对话框中的【确定】按钮，完成安全高度的设置。

5. 选择部件

具体步骤如图 9-3 所示。

6. 创建刀具

1）创建 ϕ16R2 圆角刀。单击【插入】工具条中的创建刀具按钮，弹出【创建刀具】对话框；选择【刀具子类型】的按钮，在【名称】文本框中输入 D16R2，单击【确定】按钮；在弹出的【铣刀-5 参数】对话框中设置参数（【直径】为【16】，底圆角半径为【2】，其他使用默认值，将对话框右边的滚动条向下拉，继续设置参数【刀具号】为【1】，【长度补偿】为【1】，【刀具补偿】为【1】），完成后单击【确定】按钮，完成 ϕ16R2 圆角刀的创建。

2）创建 ϕ16mm 平刀。单击【插入】工具条中的创建刀具按钮，弹出【创建刀具】对话框；选择【刀具子类型】的按钮，在【名称】文本框中输入 D16，单击【确定】按钮；在弹出的【铣刀-5 参数】对话框中设置参数（【直径】为【16】，其他使用默认值，将对话框右边的滚动条向下拉，继续设置参数【刀具号】为【2】，【长度补偿】为【2】，【刀具

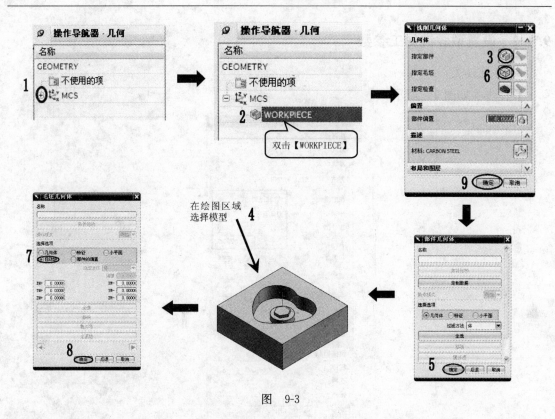

图　9-3

补偿】为【2】），完成后单击【确定】按钮，完成 φ16mm 平刀的创建。

9.4　型芯开粗加工

9.4.1　选择加工方式

具体步骤如图 9-4 所示。

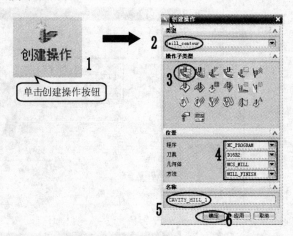

图　9-4

9.4.2　设置型腔铣加工参数

1. 刀轨设置

具体步骤如图 9-5 所示。

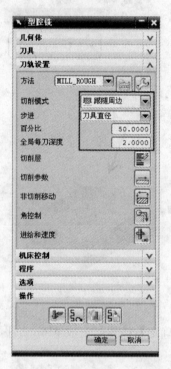

图　9-5

2. 设置切削参数

具体步骤如图 9-6 所示。

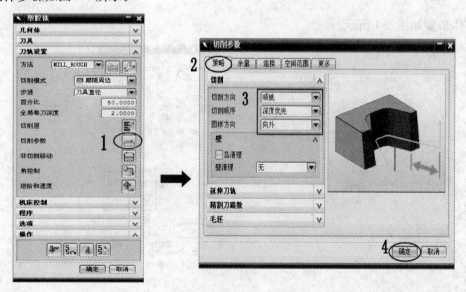

图　9-6

3. 设置进给和速度参数

具体步骤如图 9-7 所示。

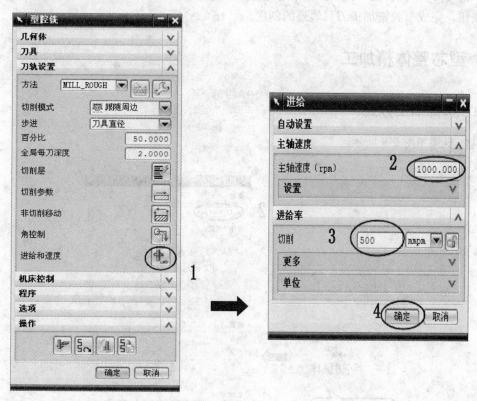

图 9-7

4. 生成刀具轨迹

单击【型腔铣】对话框中的生成按钮 ，生成如图 9-8 所示的刀具轨迹。

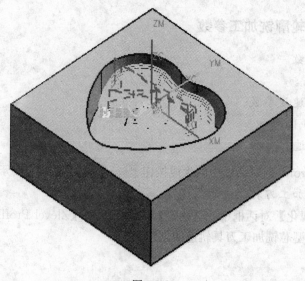

图 9-8

5. 完成型腔铣加工刀具轨迹的创建

单击【刀轨可视化】对话框中的【确定】按钮，返回【型腔铣】对话框，再单击【确定】按钮，完成型腔铣加工刀具轨迹的创建。

9.5　型芯整体精加工

9.5.1　选择加工方式

具体步骤如图 9-9 所示。

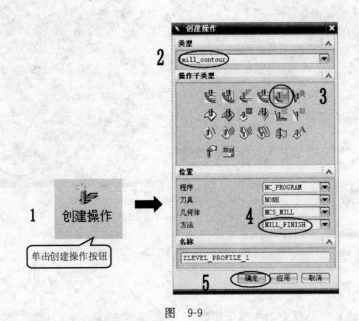

图　9-9

9.5.2　设置等高轮廓铣加工参数

1. 设置切削参数

使用其默认设置。

2. 设置进给和速度参数

具体步骤如图 9-10 所示。

3. 生成刀具轨迹

单击【Zlevel Profile】对话框中的生成按钮，生成如图 9-11 所示的刀具轨迹。

4. 完成型芯铣加工刀具轨迹的创建

单击【刀轨可视化】对话框中的【确定】按钮，返回【Zlevel Profile】对话框，再单击【确定】按钮，完成型芯铣加工刀具轨迹的创建。

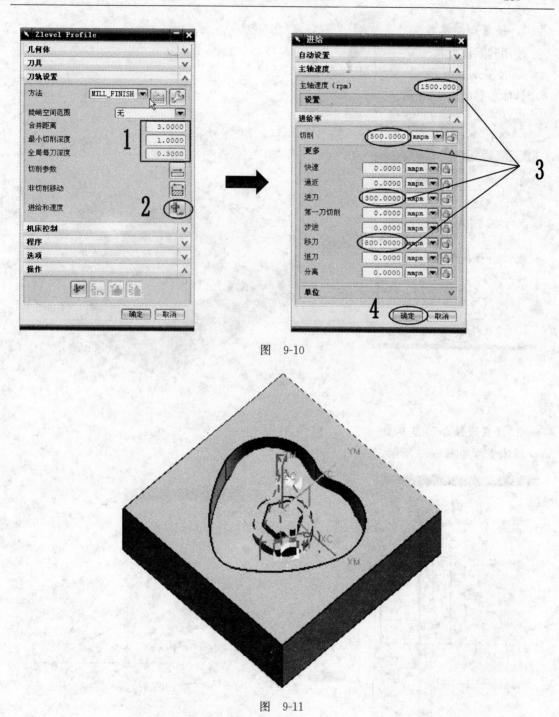

图　9-10

图　9-11

9.6　台阶面及底面精加工

1. 选择加工方式

选择 FACE_MILLING 加工方式精铣台阶面及底面。

2. 设置切削参数

使用其默认设置。

3. 设置加工区域

具体步骤如图 9-12 所示。

选取此小台阶面和底面作为加工区域

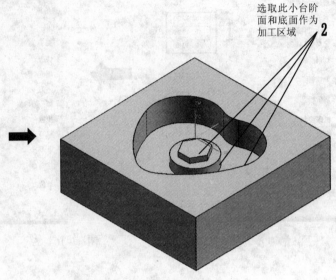

图　9-12

4. 设置进给和速度参数

具体步骤如图 9-13 所示。

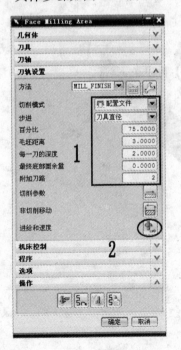

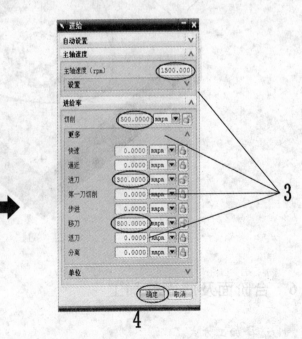

图　9-13

5. 生成刀具轨迹

单击【FACE_MILLING_AREA】对话框中的生成按钮，生成如图 9-14 所示的刀具轨迹。

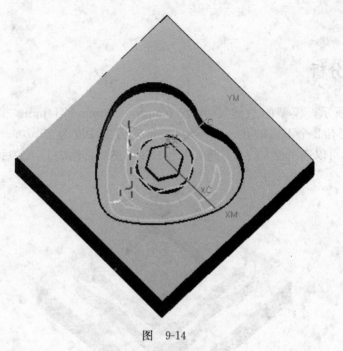

图　9-14

6. 模拟切削

选取所有的加工方法，单击校验刀轨工具，在弹出的对话框中选择【2D 动态】，然后单击，进行 2D 模拟加工，完成后如图 9-15 所示。

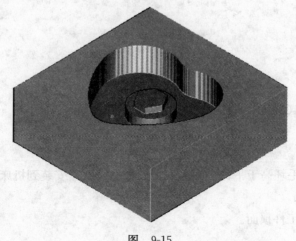

图　9-15

第 10 章　型腔模加工（一）

10.1　工件分析

如图 10-1 所示，模型的总体尺寸为 100mm×100mm×44mm。模型最小的圆角为 8mm，在上表面有 2 个不通的孔，直径为 12mm，刀尖深度为 25.7099mm，不需要铰削。模型比较简单，可以选用较大的刀具进行开粗加工，然后再精加工，最后钻孔。

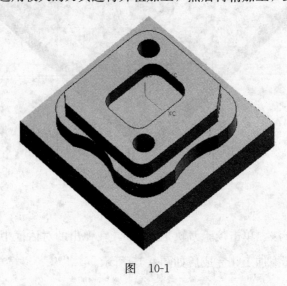

图　10-1

10.2　工艺规划

1. 毛坯

尺寸：100mm×100mm×44mm。

材料：P20。

2. 工件安装

利用标准垫块使毛坯高于平口虎钳 10mm 以上，再夹紧安装到机床上。

3. 加工坐标原点

XY：分中；Z：工件顶面。

4. 工步安排

本工件的形状较为简单，没有特别小的圆角，表面质量没有特别的要求，工步安排如下：

1) 选用 φ16mm 的硬质合金镶刀片平刀进行开粗加工，然后再进行半精加工、精加工。具体的加工工步见表 10-1。

表 10-1　型腔铣加工工步表

序　号	加工内容	进给方式	刀　具	转速/(r/min)	进给速度/(mm/min)
01	型芯开粗加工	型腔铣	ϕ16mm 平刀	1000	500
02	型芯半精加工	型腔铣	ϕ16mm 平刀	1500	300
03	型芯精加工	型腔铣	ϕ16mm 平刀	1800	200

2) 选用 ϕ6mm 的中心钻钻 2 处中心孔，然后利用 ϕ12mm 的麻花钻钻工件上表面 2 处 ϕ12mm、刀尖深度为 25.7099mm 的孔。具体的加工工步见表 10-2。

表 10-2　点位加工工步表

序　号	加工内容	刀　具	加工位置选择	循环方式	循环组参数设置			
					组　数	切削深度/mm	暂停时间/s	进给速度/(mm/min)
1	钻 2 处中心孔	ϕ6mm 中心钻	面上所有孔	标准钻	1	2	2	100
2	钻 2 处 ϕ12mm 孔	ϕ12mm 麻花钻	面上所有孔	断屑钻	1	25.7099	2	200

10.3　模型初始设置

10.3.1　打开模型文件

1. 打开 UG NX5.0

在桌面上双击 NX5.0 的快捷方式图标 ，或单击【开始】/【程序】/【UG NX5.0】/【NX5.0】，进入 UG NX5.0 初始化环境界面。

2. 打开模型文件

在启动界面中单击打开文件按钮 ，在弹出的对话框中选择 t10. prt 部件文件，单击【OK】按钮打开 t10. prt（图 10-1）。

3. 检查图形文件

打开图形文件后，对模型进行旋转、放大、切换视角，检查模型是否有缺陷、错误。

4. 拉伸毛坯

在工具条快捷图标中单击开始按钮  ，选择下拉菜单中的【拉伸】，或在工具条快捷图标中选择拉伸按钮  ，弹出【拉伸】对话框，并在模型上选择曲线，如图 10-2 所示；再在【拉伸】对话框中单击【确定】按钮，得到模型毛坯，如图 10-3 所示；再按 "Ctrl＋B" 键，弹出【类选择】对话框，如图 10-4 所示，选择毛坯，再单击【确定】按钮，将毛坯隐藏。

5. 确认工件坐标系

把工件坐标系原点设在工件顶面的对称中心位置处，工件坐标系和加工坐标系统一起来，这样就不容易出错。当前模型的坐标系不统一，需对其进行调整。

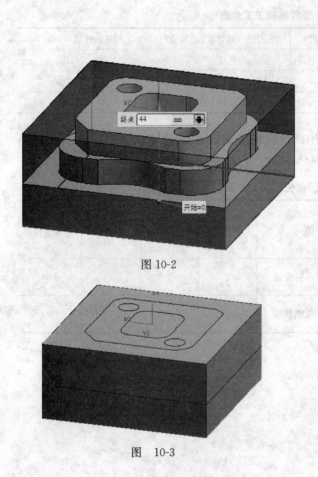

图 10-2

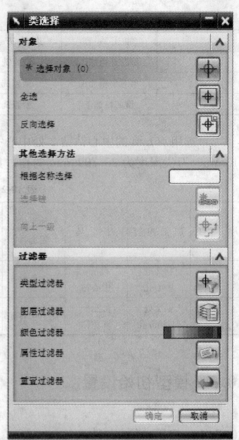

图 10-3　　　　　　　　　　　　　　　　　　图 10-4

10.3.2　进入加工模组设置初始化

1. 进入加工模块

具体步骤如图 10-5 所示进行操作。

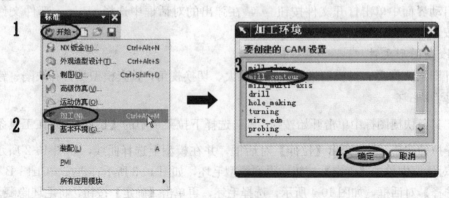

图　10-5

2. 设置加工坐标系

单击操作导航器中的按钮，弹出【操作导航器－程序顺序】对话框；单击鼠标右键，

在下拉菜单中选择【几何视图】；再双击操作导航器内的【MCS_MILL】 MCS_MILL，
弹出机床坐标系对话框；单击【指定 MCS】中的按钮，弹出【CSYS】对话框；单击动
态按钮，然后单击【确定】按钮，完成加工坐标系的设置。

3. 创建刀具

1）创建 φ16mm 平刀。在工具条快捷图标中单击创建刀具按钮，弹出【创建刀具】
对话框；选择【类型】中的【mill_contour】，再选择【刀具子类型】中的按钮，在【名
称】文本框中输入 D16，单击【确定】按钮；在弹出的【Milling Tool－5 Parameters】对话
框中设置参数（【直径】为【16】，其他使用默认值，将对话框右边的滚动条向下拉，继续设
置参数【刀具号】为【1】，【长度补偿】为【1】，【刀具补偿】为【1】），完成后单击【确定】
按钮，完成 φ16mm 平刀的创建。

2）创建 φ6mm 中心钻。在工具条快捷图标中单击创建刀具按钮，弹出【创建刀具】对
话框；选择【类型】中的【drill】，再选择【刀具子类型】中的按钮，在【名称】文本框中
输入 D6，单击【确定】按钮；在弹出的【Milling Tool－5 Parameters】对话框中设置参数
（【直径】为【6】，其他使用默认值，将对话框右边的滚动条向下拉，继续设置参数【刀具号】
为【2】，【长度补偿】为【2】），完成后单击【确定】按钮，完成 φ6mm 中心钻的创建。

3）按照同样的方法，创建 φ12mm 的麻花钻，具体操作如图 10-6 所示。

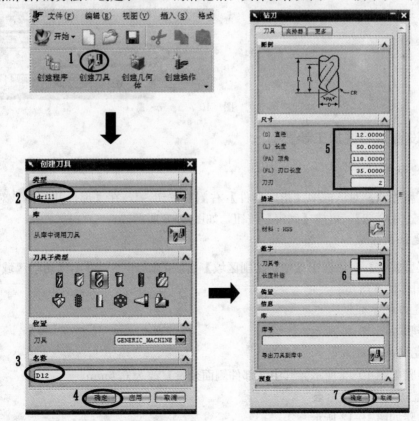

图　10-6

10.4　型芯开粗加工

10.4.1　选择加工方式

具体步骤如图 10-7 所示。

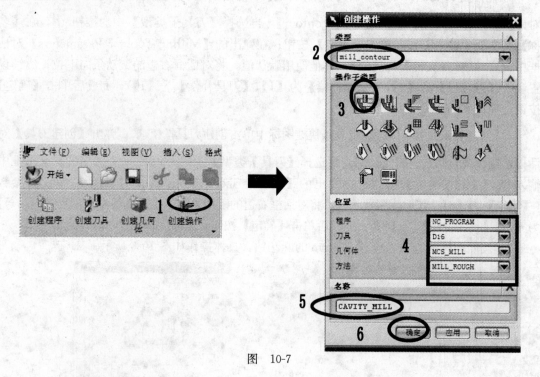

图　10-7

10.4.2　设置型腔铣加工参数

1. 指定部件

单击【型腔铣】对话框中【指定部件】右侧的按钮 [图标]，在【部件几何体】对话框中选中毛坯或者选【全选】，再按【确定】按钮，如图 10-8 所示。

2. 指定切削区域

单击【型腔铣】对话框中【指定切削区域】右侧的按钮 [图标]，弹出【切削区域】对话框，具体步骤如图 10-9 所示。

3. 设置刀轨参数

具体步骤如图 10-10 所示。

4. 设置切削参数

具体步骤如图 10-11 所示，其中【部件侧面余量】改为 0.6mm。

5. 设置进给和速度参数

具体步骤如图 10-12 所示。

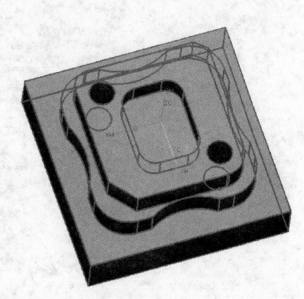

图　10-8

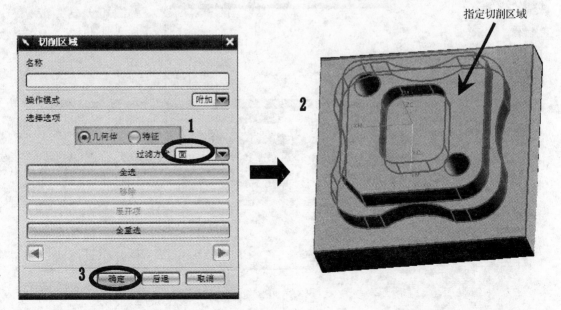

图　10-9

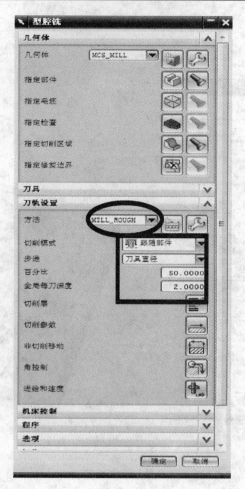

图 10-10

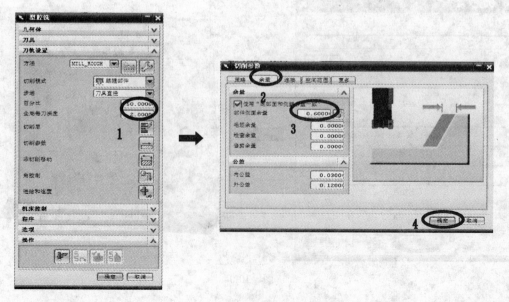

图 10-11

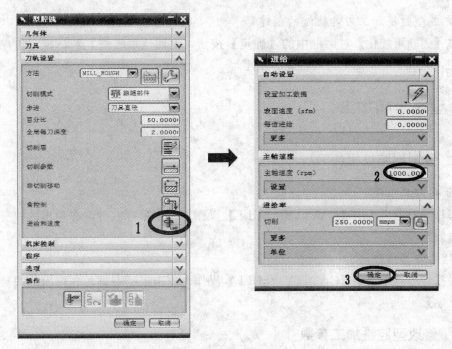

图　10-12

6. 生成刀具轨迹

单击【型腔铣】对话框中的生成按钮![icon]，生成如图 10-13 所示的刀具轨迹。

7. 模拟切削

单击【型腔铣】对话框中的确认按钮![icon]，弹出【刀轨可视化】对话框；单击【3D 动态】选项卡，将对话框右边的滚动条向下拉，单击【动画速度】选项下的播放按钮![icon]，此时绘图区域内会出现刀具模拟切削活动。完成后的图形如图 10-14 所示。

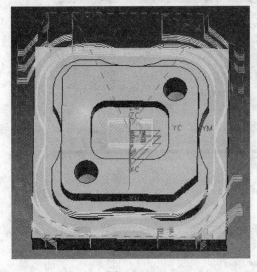

图　10-13

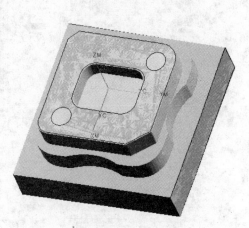

图　10-14

8. 完成型腔铣加工刀具轨迹的创建

单击【刀轨可视化】对话框中的【确定】按钮，返回【型腔铣】对话框，再单击【确定】按钮，完成型腔铣加工刀具轨迹的创建。

10.5　型芯半精加工

10.5.1　复制型腔铣操作

1. 复制刀具路径

在操作导航器中选中【CAVITY＿MILL】操作，单击鼠标右键，在弹出的快捷菜单中选择【复制】。

2. 粘贴刀具路径

在操作导航器中选中【CAVITY＿MILL】操作，单击鼠标右键，在弹出的快捷菜单中选择【粘贴】。

10.5.2　修改型腔铣加工参数

在操作导航器中双击【CAVITY＿MILL＿COPY】操作，进入【型腔铣】对话框，刀具可不更换，刀轨参数不变。

1. 修改切削参数

将【方法】中的【MILL＿ROUGH】改为的【MILL＿SEMI＿FINISH】，将【部件侧面余量】改为 0.2mm，具体步骤如图 10-15 所示。

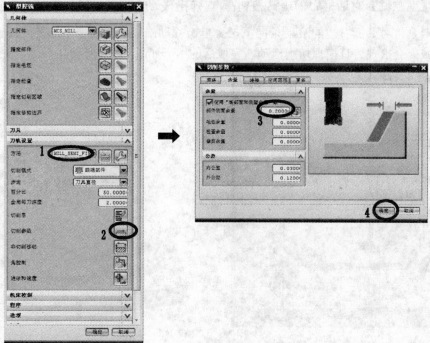

图　10-15

2. 修改进给和速度参数

具体步骤如图 10-16 所示，将【主轴速度】改为 1500r/min。

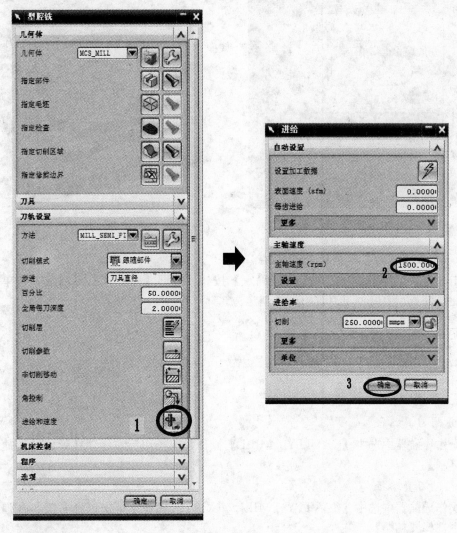

图　10-16

3. 生成刀具轨迹

单击【型腔铣】对话框中的生成按钮![button]，生成如图 10-17 所示的刀具轨迹。

4. 模拟切削

在操作导航器中单击【CAVITY_MILL】，然后按住键盘的"Ctrl"键，再单击【CAVITY_MILL_COPY】，再单击【型腔铣】对话框中的确认按钮![button]，弹出【刀轨可视化】对话框；单击【3D 动态】选项卡，将对话框右边的滚动条向下拉，单击【动画速度】选项下的播放按钮![button]，此时绘图区域内会出现刀具模拟切削活动。完成后的图形如图 10-18 所示。

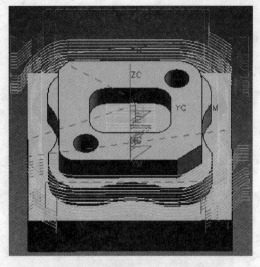

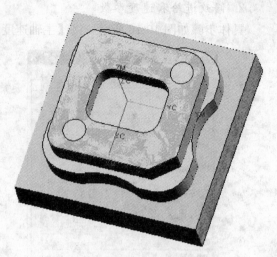

图　10-17　　　　　　　　　　　　　图　10-18

5. 完成型腔铣加工刀具轨迹的创建

单击【刀轨可视化】对话框中的【确定】按钮，返回【型腔铣】对话框，再单击【确定】按钮。完成型腔铣加工刀具轨迹的创建。

10.6　型芯精加工

10.6.1　复制型腔铣操作

1. 复制刀具路径

在操作导航器中选中【CAVITY_MILL】操作，单击鼠标右键，在弹出的快捷菜单中选择【复制】。

2. 粘贴刀具路径

在操作导航器中选中【CAVITY_MILL_COPY】操作，单击鼠标右键，在弹出的快捷菜单中选择【粘贴】。

10.6.2　修改型腔铣加工参数

在操作导航器中双击【CAVITY_MILL_COPY_1】操作，进入【型腔铣】对话框，刀具可不更换，刀轨参数不变。

1. 修改切削参数

将【方法】中的【MILL_ROUGH】改为的【MILL_FINISH】，将【部件侧面余量】改为0，具体步骤如图10-19所示。

2. 修改进给和速度参数

具体步骤如图10-20所示，将【主轴速度】改为1800r/min。

3. 生成刀具轨迹

单击【型腔铣】对话框中的生成按钮，生成如图10-21所示的刀具轨迹。

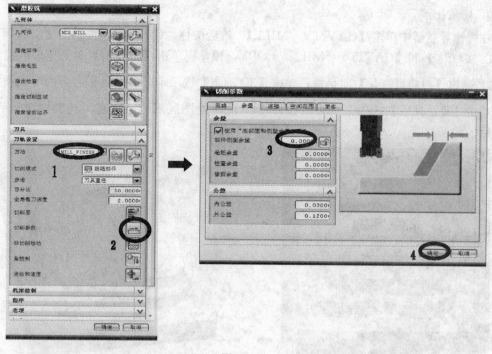

图　10-19

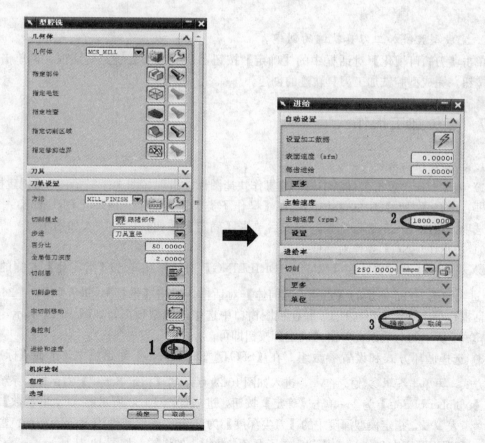

图　10-20

4. 模拟切削

在操作导航器中单击【CAVITY_MILL】，然后按住"Ctrl"键，再单击【CAVITY_MILL_COPY】和【CAVITY_MILL_COPY_1】，再单击【型腔铣】对话框中的确认按钮█，弹出【刀轨可视化】对话框；单击【3D 动态】选项卡，将对话框右边的滚动条向下拉，单击【动画速度】选项下的播放按钮█，此时绘图区域内会出现刀具模拟切削活动。完成后的图形如图 10-22 所示。

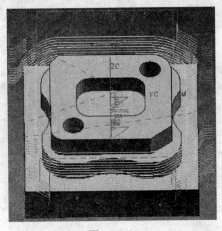

图　10-21

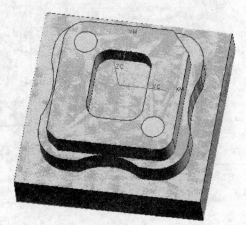

图　10-22

5. 完成型腔铣加工刀具轨迹的创建

单击【刀轨可视化】对话框中的【确定】按钮，返回【型腔铣】对话框，再单击【确定】按钮，完成型腔铣加工刀具轨迹的创建。

10.7　点位加工操作

1. 钻 2 处中心孔

1）创建操作。单击工具条中的创建操作快捷图标，出现如图 10-23 所示的【创建操作】对话框，选择【类型】中的【drill】，在【操作子类型】中选择 SPOT_DRILLING 图标，其他选项按照图 10-23 进行选择，完成后单击【确定】按钮，即可进入如图 10-24 所示的【SPOT_DRILLING】操作对话框。

2）选择加工孔位置。在【SPOT_DRILLING】对话框中单击【指定孔】右侧的按钮█，进入如图 10-25 所示的【点到点几何体】对话框；单击【选择】，进入如图 10-26 所示的对话框；单击【面上所有孔】，并在视图窗口中选中主模型顶面，如图 10-27 所示，出现如图 10-28 所示的对话框；单击【确定】按钮即可。

3）选择循环方式和设置参数组。在【SPOT_DRILLING】对话框中，选择【标准钻】循环方式，再单击编辑参数按钮█，进入如图 10-29 所示的【指定参数组】对话框，系统自动显示【Number of Sets】为 1；单击【确定】按钮，进入如图 10-30 所示的【Cycle 参数】对话框；参考表 10-2，指定模型深度中的【刀尖深度】为 2mm、进给速度为 100mm/min、暂停时间为 2s 和退刀距离为 3mm，这样就完成了循环参数组 1 的设置，如图 10-31 所示。

图 10-23

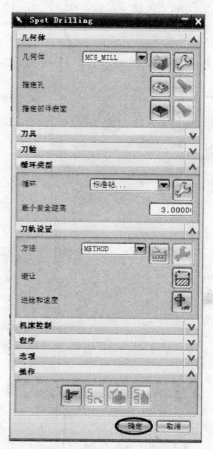

图 10-24

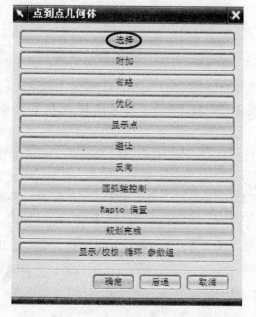

图 10-25

图 10-26

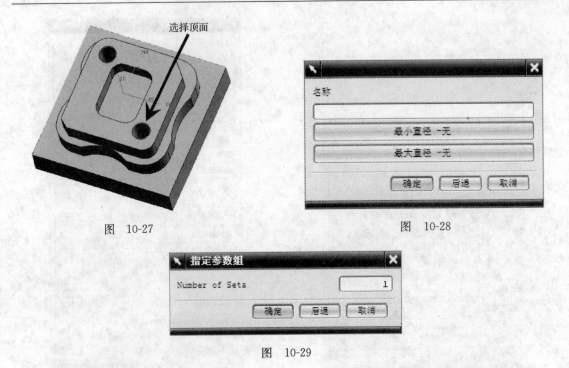

图　10-27

图　10-28

图　10-29

图　10-30

图　10-31

4）设置进给和速度参数。具体步骤如图 10-32 所示，将【主轴速度】改为 500r/min。

5）生成刀具轨迹。单击【SPOT_DRILLING】对话框中的生成按钮 ，生成如图 10-33所示的刀具轨迹。

6）模拟切削。在操作导航器中单击【CAVITY_MILL】，然后按住"Ctrl"键，再单击【CAVITY_MILL_COPY】、【CAVITY_MILL_COPY_1】和【SPOT_DRILL-ING】，再单击【型腔铣】对话框中的确认按钮 ，弹出【刀轨可视化】对话框；单击【3D动态】选项卡，将对话框右边的滚动条向下拉，再单击【动画速度】选项下的播放按钮 ，此时绘图区域内会出现刀具模拟切削活动。完成后的图形如图 10-34 所示。

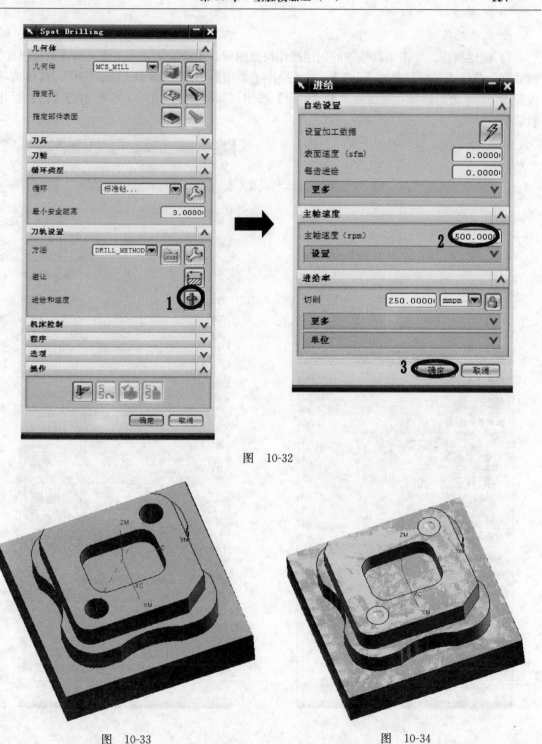

图　10-32

图　10-33　　　　　　　　　　　　　　　图　10-34

7）完成钻中心孔加工刀具轨迹的创建。单击【刀轨可视化】对话框中的【确定】按钮，返回【SPOT＿DRILLING】对话框，再单击【确定】按钮，完成钻中心孔加工刀具轨迹的创建。

2. 钻 2 处不通孔

1）创建操作。单击工具条中的创建操作快捷图标，出现如图 10-35 所示的【创建操作】对话框，选择【类型】中的【drill】，在【操作子类型】中选择 DRILLING 图标，其他选项按照图 10-35 进行选择，完成后单击【确定】按钮，即可进入如图 10-36 所示的【钻】操作对话框。

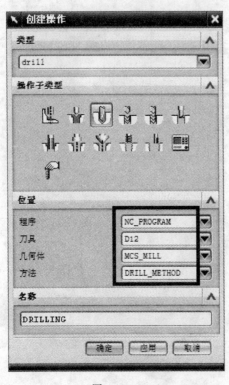

图 10-35

图 10-36

2）选择加工孔位置。在【钻】对话框中单击【指定孔】右侧的按钮，进入如图 10-25 所示的【点到点几何体】对话框；单击【选择】，进入如图 10-26 所示的对话框；单击【面上所有孔】，并在视图窗口中选中主模型顶面，出现如图 10-28 所示的对话框；单击【确定】按钮即可。

3）选择循环方式和设置参数组。在【钻】对话框中选择【断屑钻】循环方式，再单击编辑参数图标，进入如图 10-29 所示的【指定参数组】对话框，系统自动显示【Number of Sets】为 1；单击【确定】按钮，进入如图 10-37 所示的【Cycle 参数】对话框；参考表 10-2，指定模型深度中的刀尖深度为 25.7099mm、进给速度为 200mm/min、暂停时间为 2s 和退刀距离为 3mm，这样就完成了循环参数组 1 的设置，如图 10-38 所示。

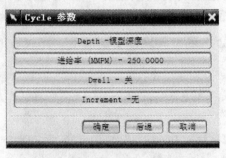

图　10-37

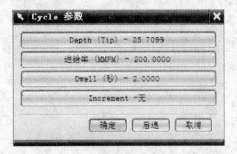

图　10-38

4）设置进给和速度参数。具体步骤如图 10-39 所示，将【主轴速度】改为 500r/min。

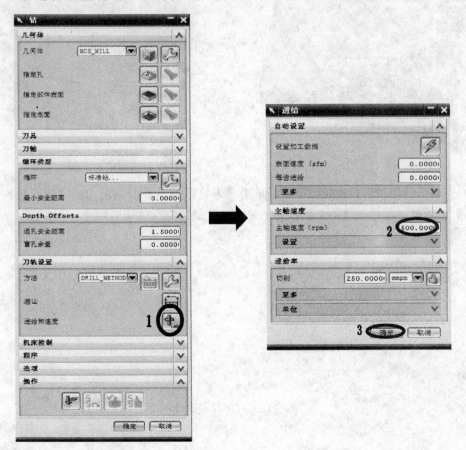

图　10-39

5）生成刀具轨迹。单击【钻】对话框中的生成按钮，生成如图 10-40 所示的刀具轨迹。

6）模拟切削。在操作导航器中单击【CAVITY_MILL】，然后按住 "Ctrl" 键，再单击【CAVITY_MILL_COPY】、【CAVITY_MILL_COPY_1】、【SPOT_DRILLING】和【DRILLING】，再单击【型腔铣】对话框中的确认按钮，弹出【刀轨可视化】对话框；单击【3D 动态】选项卡，将对话框右边的滚动条向下拉，再单击【动画速度】选项下的播放按钮，此时绘图区域内会出现刀具模拟切削活动。完成后的图形如图10-41所示。

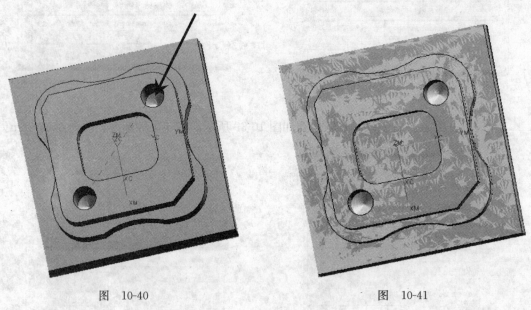

图 10-40　　　　　　　　　　　　　　　图 10-41

7）完成钻孔加工刀具轨迹的创建。单击【刀轨可视化】对话框中的【确定】按钮，返回【钻】对话框，再单击【确定】按钮，完成钻孔加工刀具轨迹的创建。

第 11 章　型腔模加工（二）

11.1　工件分析

如图 11-1 所示，模型的总体尺寸为 146mm×100mm×20mm。在工件上表面有 6 个通孔，直径分别为 12mm 和 10mm，需要铰削；在工件的上表面有 2 个直径为 6mm 的螺纹孔，需要攻螺纹。

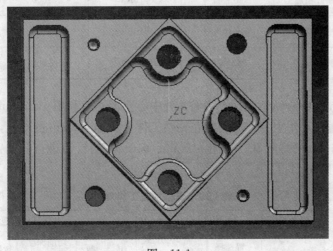

图　11-1

11.2　工艺规划

1. 毛坯

尺寸：146mm×100mm×20mm。

材料：P20。

2. 工件安装

利用标准垫块使毛坯高于平口虎钳 11mm 以上，再夹紧安装到机床上。

3. 加工坐标原点

XY：分中；Z：工件顶面。

4. 工步安排

本工件的形状较为简单，没有尖角或者很小的圆角，表面质量没有特别的要求，工步安排如下：

1）选用一把 φ30mm 硬质合金镶刀片平刀进行开粗加工，然后用 φ30mm 平刀对型芯进行精加工，再用 φ16R3 硬质合金圆角刀和 φ10R3 硬质合金圆角刀对凹槽进行加工。具体工步见表 11-1。

表 11-1　型芯加工工步表

序　号	加工内容	进给方式	刀　具	转速/(r/min)	进给速度/(mm/min)
01	型芯开粗加工	平面铣	$\phi30mm$	1200	500
02	型芯精加工	平面铣	$\phi30mm$	1200	500
03	型芯凹槽加工（两侧）	平面铣	$\phi10R3$	1200	500
04	型芯凹槽加工（中间）	平面铣	$\phi16R3$	1200	500
05	型芯凹槽开粗加工	型腔铣	$\phi16R3$	1000	500
06	型芯凹槽半精加工	等高轮廓铣	$\phi10R3$	2500	800
07	型芯凹槽精加工	固定轴铣	$\phi10R3$	3000	800

2）选用 $\phi6mm$ 的中心钻钻工件上表面 8 处中心孔；然后利用 $\phi11.8mm$ 的麻花钻钻工件上 4 处 $\phi12mm$ 的通孔，用 $\phi9.8mm$ 的麻花钻钻工件上 2 处 $\phi10mm$ 的通孔，用 $\phi5mm$ 的麻花钻钻工件上 2 处 $\phi6mm$ 的螺纹孔；再用 $\phi12mm$、$\phi10mm$ 的铰刀进行铰削，$\phi6mm$ 的丝锥攻螺纹。具体工步表见表 11-2。

表 11-2　点位加工工步表

序　号	加工内容	刀　具	加工位置选择	循环方式	循环组参数设置			
					组　数	切削深度/mm	暂停时间/s	进给速度/(mm/min)
1	钻 8 处中心孔	$\phi4mm$ 中心钻	类选择	标准钻	3	2	2	100
2	钻 4 处 $\phi11.8mm$ 通孔	$\phi11.8mm$ 麻花钻	类选择	标准断屑钻	1	通过底面	2	200
3	钻 2 处 $\phi9.8mm$ 通孔	$\phi9.8mm$ 麻花钻	类选择	标准断屑钻	1	通过底面	2	200
4	钻 2 处 $\phi6mm$ 螺纹孔	$\phi5mm$ 麻花钻	类选择	标准断屑钻	1	模型深度	2	100
5	铰 4 处 $\phi12mm$ 通孔	$\phi12mm$ 铰刀	类选择	标准钻	1	通过底面	2	30
6	铰 2 处 $\phi10mm$ 通孔	$\phi10mm$ 铰刀	类选择	标准钻	1	通过底面	2	30
7	攻 2 处 $\phi6mm$ 螺纹孔	$\phi6mm$ 丝锥	类选择	标准攻螺纹	1	模型深度	2	200

11.3　模型初始设置

11.3.1　打开模型文件

1. 打开 UG NX5.0

在桌面上双击 NX5.0 的快捷方式图标 ，或单击【开始】/【 程序】/【UG NX5.0】/【NX5.0】，进入 UG NX5.0 初始化环境界面。

2. 打开模型文件

在启动界面中单击打开文件按钮 ，在弹出的对话框中选择 11-1.prt 部件文件，如图 11-2 所示，单击【OK】按钮打开 11-1.prt。

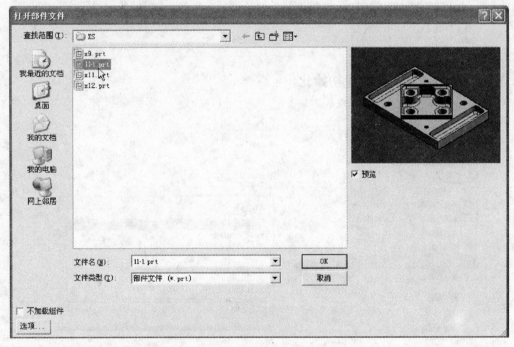

图　11-2

3. 检查图形文件

打开图形文件后，对模型进行旋转、放大、切换视角，检查模型是否有缺陷、错误。

4. 确认工件坐标系

把工件坐标系原点设在工件顶面的中心位置处，工件坐标系和加工坐标系统一起来，这样就不容易出错。当前模型的坐标系已经符合以上要求，不需对其进行调整。

5. 建立工件毛坯

进入到建模模块下，单击草绘图标，选取工件底面四条边为拉伸边，并在拉伸对话框中设置参数，单击【确定】按钮，完成毛坯的建立，如图 11-3 所示。

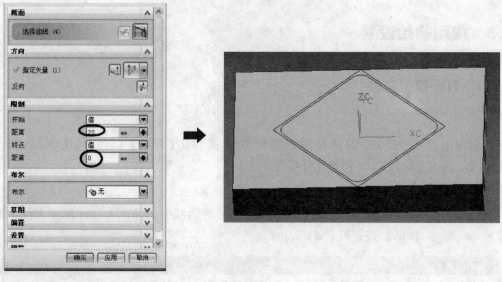

图　11-3

11.3.2　进入加工模组设置初始化

1. 进入加工模块

具体步骤如图 11-4 所示进行操作。

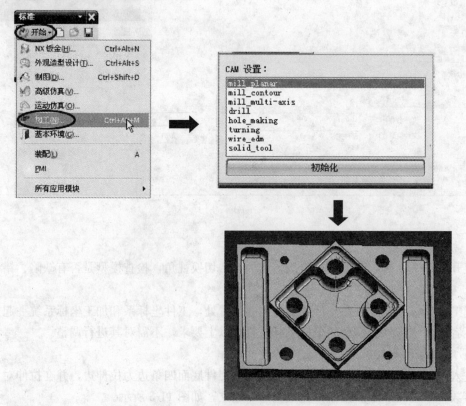

图　11-4

2. 设置加工方法视图

单击操作导航器按钮，在打开的选项卡中单击右上角的锁定按钮，使其变成锁定状态；在操作导航器选项卡内，单击鼠标右键，在弹出的快捷菜单中选择【几何视图】。

3. 设置加工坐标系

双击操作导航器内的【MCS_MILL】MCS_MILL，弹出机床坐标系对话框；单击【指定 MCS】中的按钮，弹出【CSYS】对话框；单击动态按钮，然后单击【确定】按钮，完成加工坐标系的设置。

4. 设置安全高度

在返回的机床坐标系对话框中单击【安全设置】的下拉菜单，选择【平面】选项；此时单击选择平面按钮，弹出【平面构造器】对话框；单击 XC-YC 平面按钮，在【偏置】文本框中输入 20；完成后单击【确定】按钮，接着单击机床坐标系对话框的【确定】按钮，完成安全高度的设置。

5. 选择部件

具体步骤如图 11-5 所示。

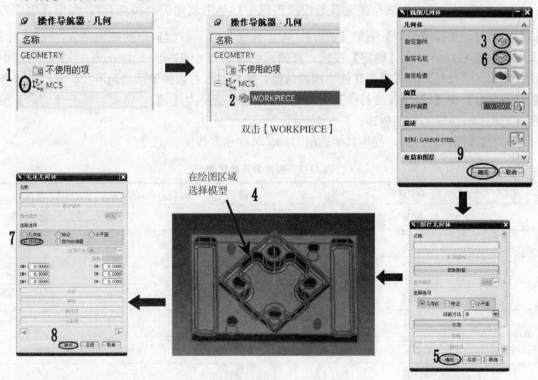

图　11-5

6. 创建刀具

1）创建 φ30mm 平刀。在工具条快捷图标中单击创建刀具按钮，弹出【创建刀具】对话框；选择【类型】中的【mill_planar】，再选择【刀具子类型】中的按钮，在【名称】文本框中输入 D30，单击【确定】按钮；在弹出的【Milling Tool－5 Parameters】对话框中设置参数。（【直径】为【30】，其他使用默认值，把对话框右边的滚动条向下拉，继续设置参数【刀具号】为【1】，【长度补偿】为【0】，【刀具补偿】为【1】），完成后单击【确定】按钮，完成 φ30mm 平刀的创建。

2）创建 φ16R3 圆角刀。单击【插入】工具条中的创建刀具按钮 ，弹出【创建刀具】对话框；选择【刀具子类型】中的按钮 ，在【名称】文本框中输入 D16R3，单击【确定】按钮；在弹出的【铣刀－5 参数】对话框中设置参数、（【直径】为【16】，【底圆角半径】为【3】，其他使用默认值，将对话框右边的滚动条向下拉，继续设置参数【刀具号】为【2】，【长度补偿】为【0】，【刀具补偿】为【2】），完成后单击【确定】按钮，完成 φ16R3 圆角刀的创建。

3）创建 φ10R3 圆角刀。单击【插入】工具条中的创建刀具按钮 ，弹出【创建刀具】对话框；选择【刀具子类型】中的按钮 ，在【名称】文本框中输入 D10R3，单击【确定】按钮；在弹出的【铣刀－5 参数】对话框中设置参数（【直径】为【10】，【底圆角半径】为【3】，其他使用默认值，将对话框右边的滚动条向下拉，继续设置参数【刀具号】为【3】，【长度补偿】为【0】，【刀具补偿】为【3】），完成后单击【确定】按钮，完成 φ10R3 圆角刀的创建。

4）创建 φ4mm 中心钻。在工具条快捷图标中，单击创建刀具按钮 ，弹出【创建刀具】对话框；选择【类型】中的【drill】，再选择【刀具子类型】中的按钮 ，在【名称】文本框中输入 D4，单击【确定】按钮；在弹出的【Milling Tool－5 Parameters】对话框中设置参数（【直径】为【4】，其他使用默认值，将对话框右边的滚动条向下拉，继续设置参数【刀具号】为【4】，【长度补偿】为【0】，【刀具补偿】为【4】），完成后单击【确定】按钮，完成 φ4mm 中心钻的创建。

5）按照同样的方法，创建其他钻削刀具，名称和参数见表 11-3。

表 11-3　创建刀具参数表

刀　　号	子类型图标	名　　称	类　　型	刀具直径/mm	有效长度/mm
1		D30	平刀	30	75
2		D16R3	圆角刀	16	75
3		D10R3	圆角刀	10	75
4		D4	中心钻	4	50
5		D11.8	麻花钻	11.8	50
6		D9.8	麻花钻	9.8	50
7		D5	麻花钻	5	50
8		D12	铰刀	12	100
9		D10	铰刀	10	100
10		D6	丝锥	6	75

11.4　型芯开粗加工

11.4.1　选择加工方式

具体步骤如图 11-6 所示。

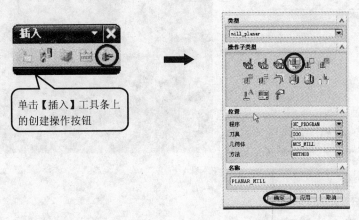

图　11-6

11.4.2　设置型芯粗加工参数

1. 指定部件

单击【平面铣】对话框中【指定部件边界】右侧的按钮，在【边界几何体】对话框中的具体步骤如图 11-7 所示，最后按【确定】按钮。

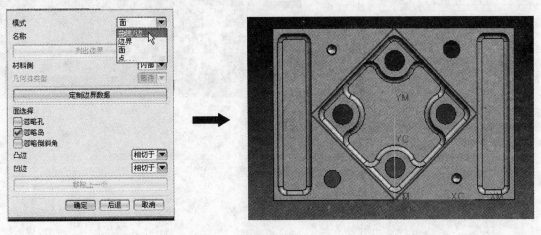

图　11-7

2. 指定毛坯边界

单击【平面铣】对话框中【指定毛坯边界】右侧的按钮，按 "Shift＋Ctrl＋u" 键取消毛坯隐藏，在【边界几何体】对话框中的具体步骤如图 11-8 所示，最后按【确定】按钮。

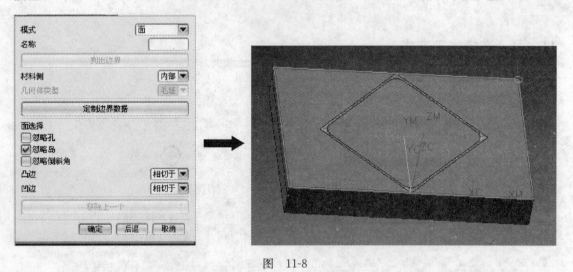

图 11-8

3. 指定底面
具体步骤如图 11-9 所示。

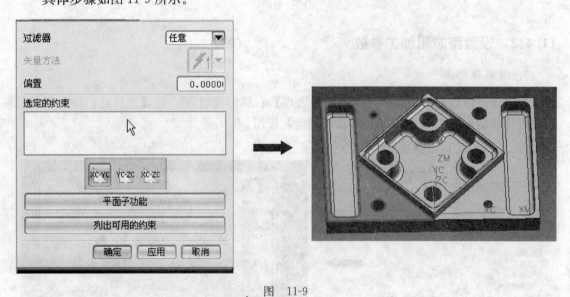

图 11-9

4. 刀轨设置
具体步骤如图 11-10 所示。

5. 设置切削层
具体步骤如图 11-11 所示。

6. 设置切削参数
具体步骤如图 11-12 所示。

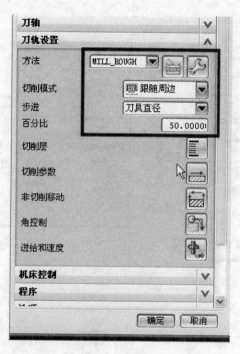

图　11-10

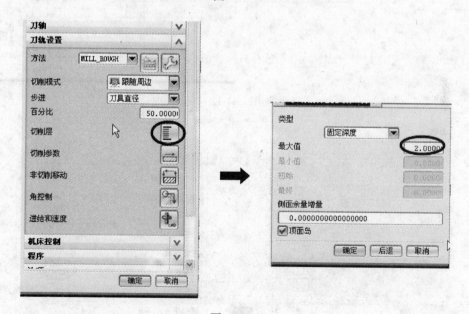

图　11-11

7. 设置进给和速度参数

具体步骤如图 11-13 所示。

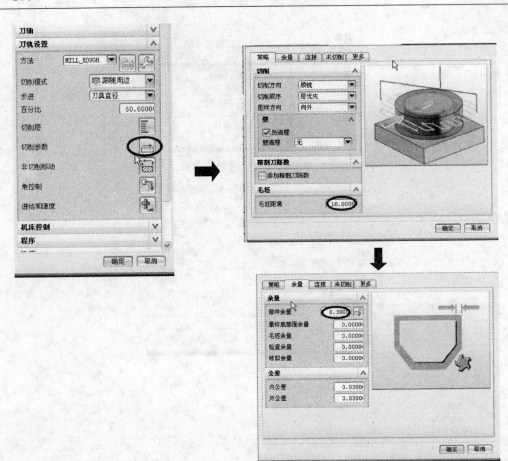

图 11-12

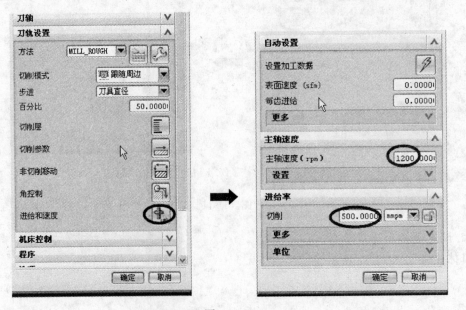

图 11-13

8. 生成刀具轨迹

单击【平面铣】对话框中的生成按钮

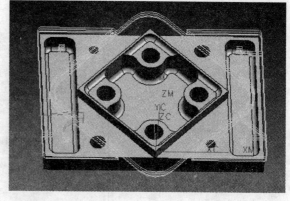
，生成如图 11-14 所示的刀具轨迹。

9. 完成平面铣加工刀具轨迹的创建

单击【刀轨可视化】对话框中的【确定】按钮，返回【平面铣】对话框，再单击【确定】按钮，完成平面铣加工刀具轨迹的创建。

图　11-14

11.5　型芯精加工

11.5.1　复制加工方式

具体步骤如图 11-15 所示。

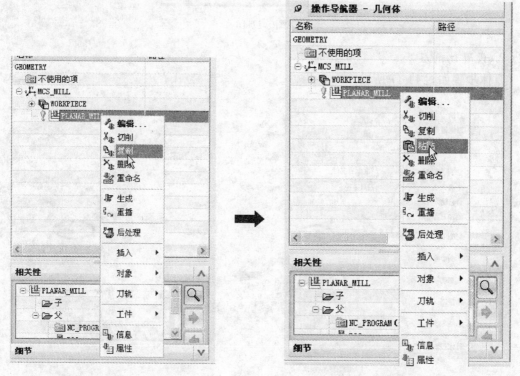

图　11-15

11.5.2　设置型芯精加工参数

1. 刀轨设置

具体步骤如图 11-16 所示。

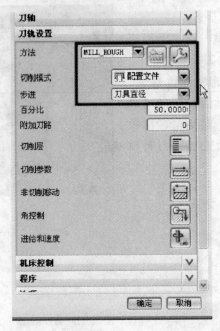

图　11-16

2. 设置切削层

具体步骤如图 11-17 所示。

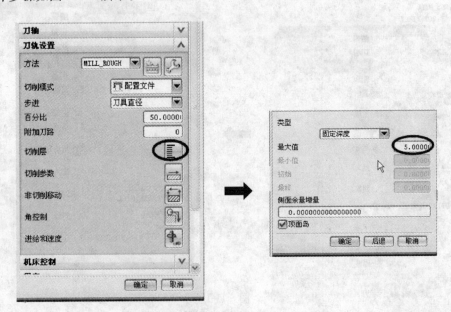

图　11-17

3. 设置切削参数

具体步骤如图 11-18 所示。

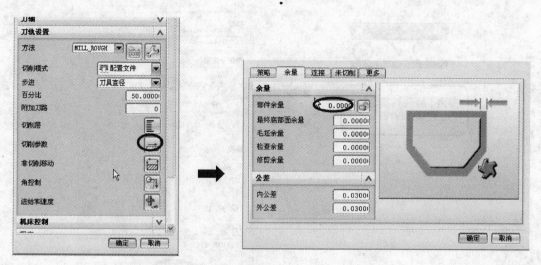

图　11-18

4. 生成刀具轨迹

单击【平面铣】对话框中的生成按钮，生成如图 11-19 所示的刀具轨迹。

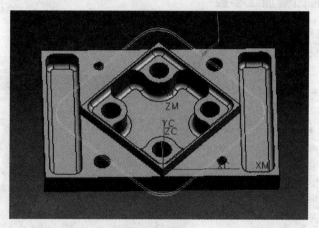

图　11-19

5. 完成型芯精加工刀具轨迹的创建

单击【刀轨可视化】对话框中的【确定】按钮，返回【平面铣】对话框，再单击【确定】按钮，完成型芯精加工刀具轨迹的创建。

11.6　型芯凹槽加工（两侧）

11.6.1　选择加工方式

具体步骤如图 11-20 所示。

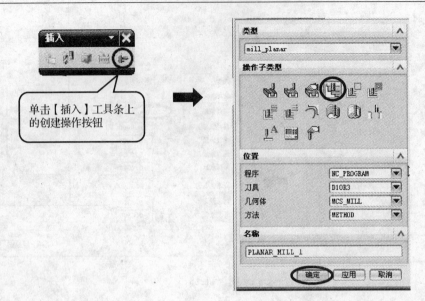

单击【插入】工具条上的创建操作按钮

图　11-20

11.6.2　设置型芯凹槽加工参数

1. 指定部件边界

具体步骤如图 11-21 所示。

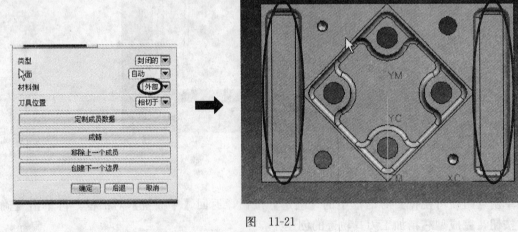

图　11-21

2. 指定底面

具体步骤如图 11-22 所示。

3. 设置切削层

具体步骤如图 11-23 所示。

4. 设置切削参数

具体步骤如图 11-24 所示。

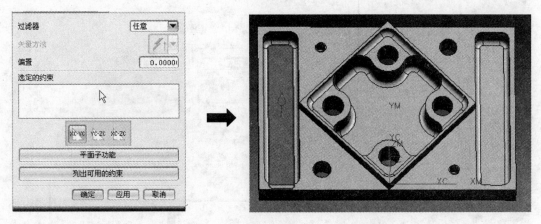

图　11-22

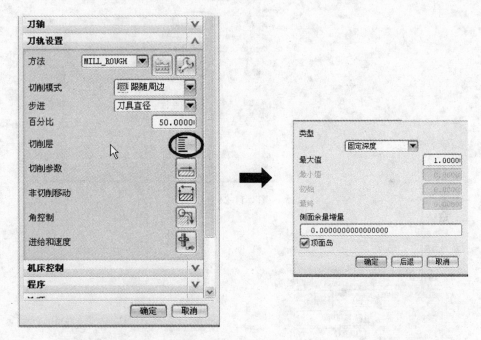

图　11-23

5. 设置进给和速度参数

具体步骤如图 11-25 所示。

6. 生成刀具轨迹

单击【平面铣】对话框中的生成按钮，生成如图 11-26 所示的刀具轨迹。

7. 完成型芯凹槽加工轨迹的创建

单击【刀轨可视化】对话框中的【确定】按钮，返回【平面铣】对话框，再单击【确定】按钮，完成型芯凹槽加工刀具轨迹的创建。

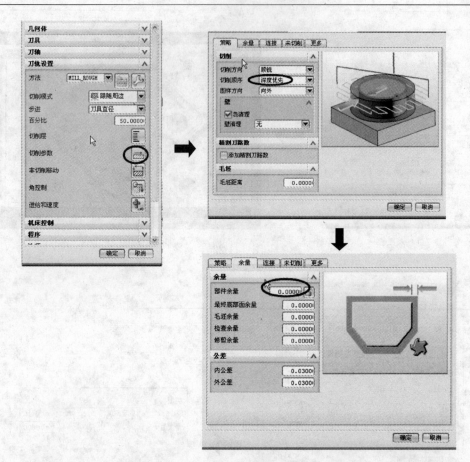

图 11-24

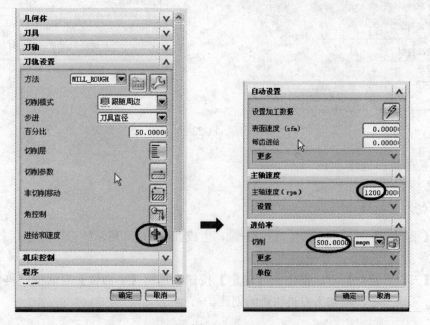

图 11-25

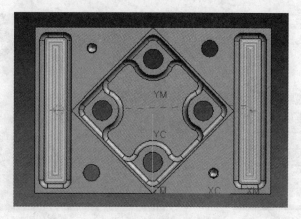

图　11-26

11.7　型芯凹槽加工（中间）

11.7.1　选择加工方式

具体步骤如图 11-27 所示。

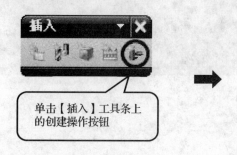

单击【插入】工具条上
的创建操作按钮

图　11-27

11.7.2　设置型芯凹槽加工参数

1. 指定部件边界

具体步骤如图 11-28 所示。

2. 指定毛坯边界

单击【平面铣】对话框中【指定毛坯边界】右侧的按钮，在【边界几何体】对话框中的具体步骤如图 11-29 所示，最后按【确定】按钮。

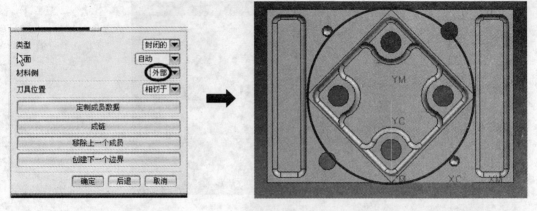

图　11-28

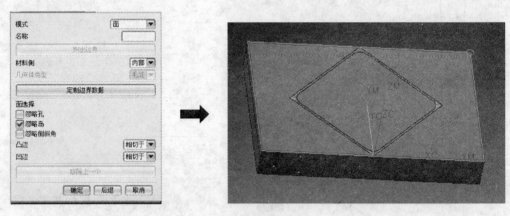

图　11-29

3. 指定底面

具体步骤如图 11-30 所示。

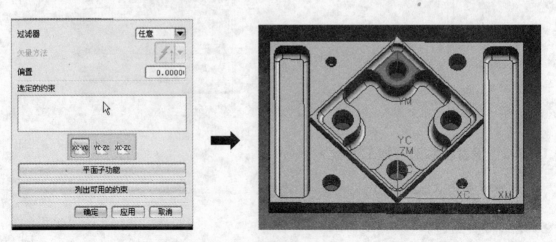

图　11-30

4. 设置切削层

具体步骤如图 11-31 所示。

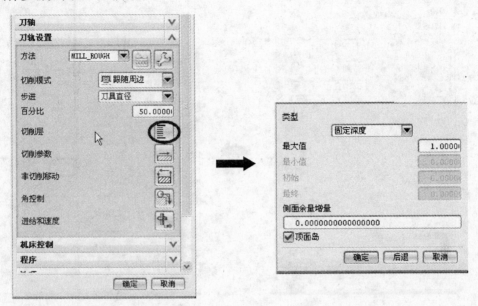

图　11-31

5. 设置切削参数

具体步骤如图 11-32 所示。

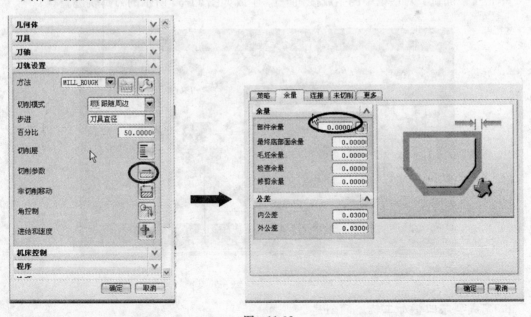

图　11-32

6. 设置进给和速度参数

具体步骤如图 11-33 所示。

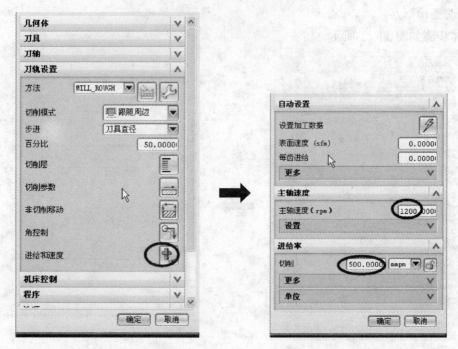

图 11-33

7. 生成刀具轨迹

单击【平面铣】对话框中的生成按钮，生成如图 11-34 所示的刀具轨迹。

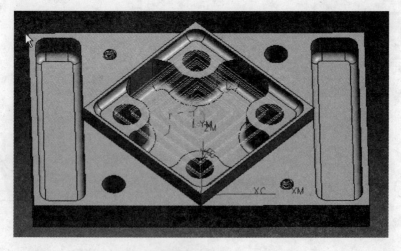

图 11-34

8. 完成型芯凹槽加工轨迹的创建

单击【刀轨可视化】对话框中的【确定】按钮，返回【平面铣】对话框，再单击【确定】按钮，完成型芯凹槽加工刀具轨迹的创建。

11.8 型芯凹槽开粗加工

11.8.1 选择加工方式

具体步骤如图 11-35 所示。

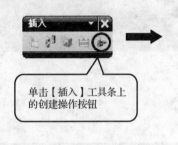

单击【插入】工具条上
的创建操作按钮

图 11-35

11.8.2 设置型腔铣加工参数

1. 指定部件

具体步骤如图 11-36 所示。

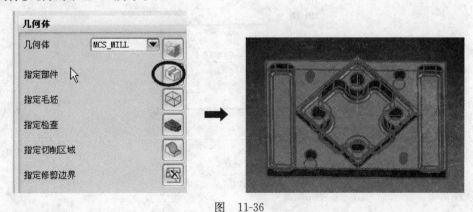

图 11-36

2. 指定毛坯

具体步骤如图 11-37 所示。

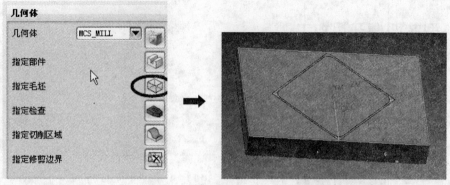

图　11-37

3. 指定切削区域

具体步骤如图 11-38 所示。

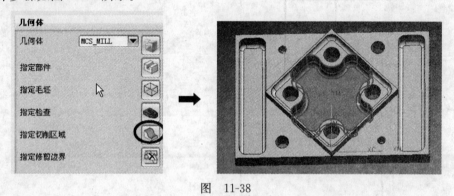

图　11-38

4. 刀轨设置

具体步骤如图 11-39 所示。

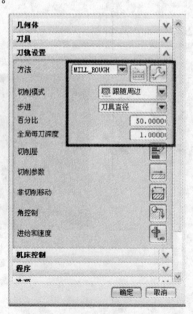

图　11-39

5. 设置切削层

具体步骤如图 11-40 所示。

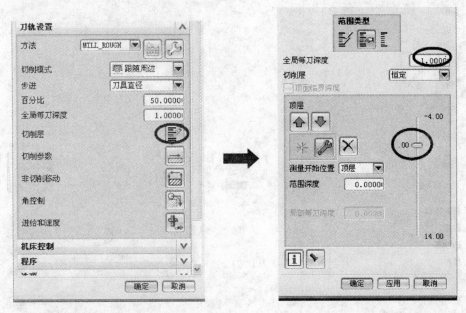

图　11-40

6. 设置切削参数

具体步骤如图 11-41 所示。

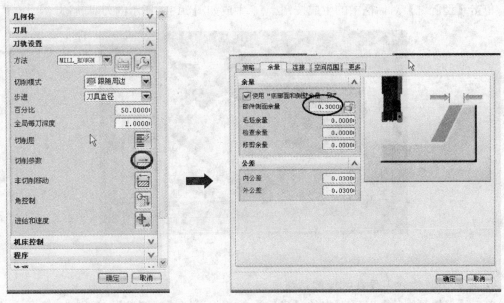

图　11-41

7. 设置进给和速度参数

具体步骤如图 11-42 所示。

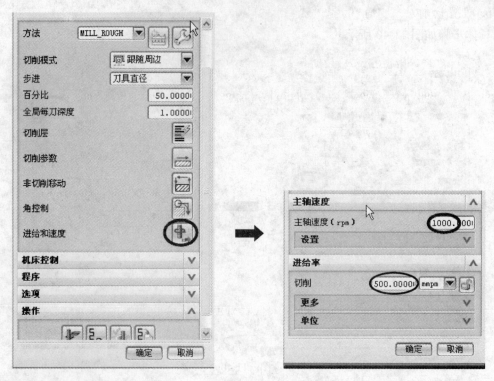

图　11-42

8. 生成刀具轨迹

单击【型腔铣】对话框中的生成按钮 ，生成如图 11-43 所示的刀具轨迹。

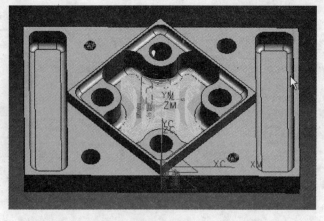

图　11-43

9. 完成型腔铣加工刀具轨迹的创建

单击【刀轨可视化】对话框中的【确定】按钮，返回【型腔铣】对话框，再单击【确定】按钮，完成型腔铣加工刀具轨迹的创建。

11.9 型芯凹槽半精加工

11.9.1 选择加工方式

具体步骤如图 11-44 所示。

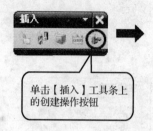
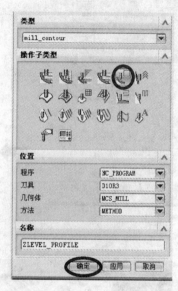

图 11-44

11.9.2 设置深度加工轮廓铣加工参数

1. 指定部件

具体步骤可参照图 11-36。

2. 指定切削区域

具体步骤可参照图 11-38。

3. 刀轨设置

具体步骤如图 11-45 所示。

4. 设置进给和速度参数

具体步骤如图 11-46 所示。

5. 生成刀具轨迹

单击【深度加工轮廓】对话框中的生成按钮 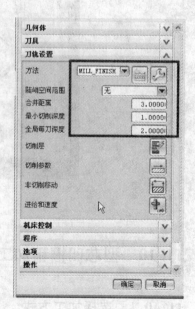，生成如图 11-47 所示的刀具轨迹。

6. 完成深度加工轮廓加工刀具轨迹的创建

单击【刀轨可视化】对话框中的【确定】按钮，返回

图 11-45

【深度加工轮廓】对话框，再单击【确定】按钮，完成深度加工轮廓加工刀具轨迹的创建。

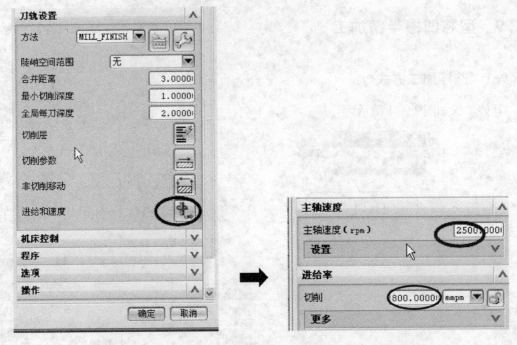

图　11-46

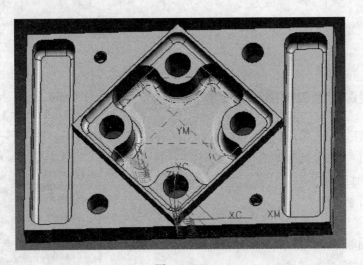

图　11-47

11.10　型芯凹槽精加工

11.10.1　选择加工方式

具体步骤如图 11-48 所示。

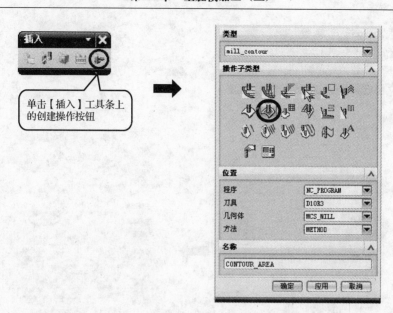

图 11-48

11.10.2 设置轮廓区域铣加工参数

1. 指定部件

具体步骤可参照图 11-36。

2. 指定切削区域

具体步骤可参照图 11-38。

3. 驱动方式

具体步骤如图 11-49 所示。

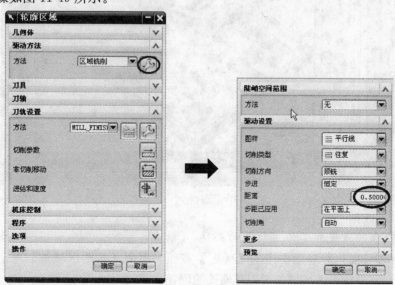

图 11-49

4. 设置进给和速度参数

具体步骤如图 11-50 所示。

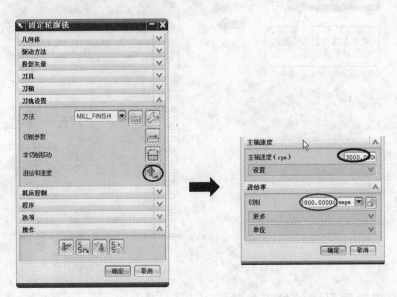

图　11-50

5. 生成刀具轨迹

单击【轮廓区域铣】对话框中的生成按钮 ，生成如图 11-51 所示的刀具轨迹。

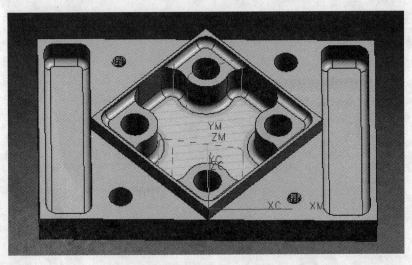

图　11-51

6. 完成轮廓区域铣加工刀具轨迹的创建

单击【刀轨可视化】对话框中的【确定】按钮，返回【轮廓区域铣】对话框，再单击【确定】按钮，完成轮廓区域铣加工刀具轨迹的创建。

11. 11　点位加工操作

11. 11. 1　中心钻点位加工方式

具体步骤如图 11-52 所示进行操作。

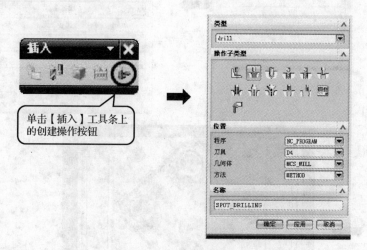

图　11-52

11. 11. 2　中心钻点位加工参数

1. 指定孔

① 在【SPOT _ DRILLING】对话框中单击【指定孔】右侧的按钮 ；在【点到点几何体】对话框中单击【选择】，然后在弹出的对话框中单击【Cycle 参数组－1】，再单击【参数组 1】，在返回到的对话框中单击【类选择】，并在视图窗口中选中工件孔所在表面，此时弹出对话框，再单击【确定】按钮即可。

具体步骤如图 11-53 所示进行操作。

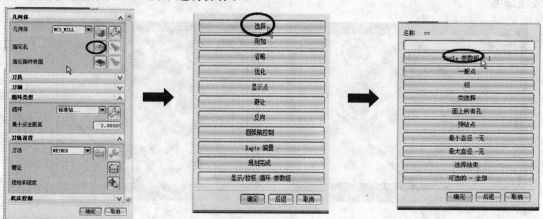

图　11-53

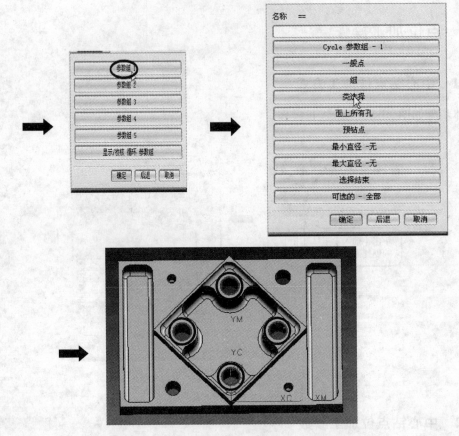

图　11-53（续）

② 再单击【Cycle 参数组－2】，在出现的对话框中单击【参数组 2】；确定后在返回的对话框中单击【类选择】，并在视图窗口中选中图 11-54 中的孔；出现对话框后单击【确定】按钮即可。

③ 再单击【Cycle 参数组－3】，在出现的对话框中单击【参数组 3】；确定后在返回的对话框中单击【类选择】，并在视图窗口中选中图 11-55 中的孔；出现对话框后单击【确定】按钮即可。

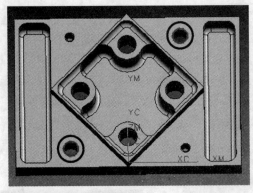

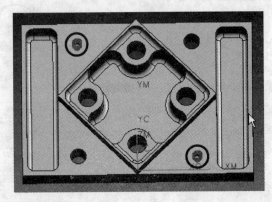

图　11-54　　　　　　　　　　　　　　　　　　图　11-55

④ 继续在弹出的对话框中单击【选择结束】，回到【点到点几何体】对话框；接着优化加工孔的路径，其具体步骤如图 11-56 所示。

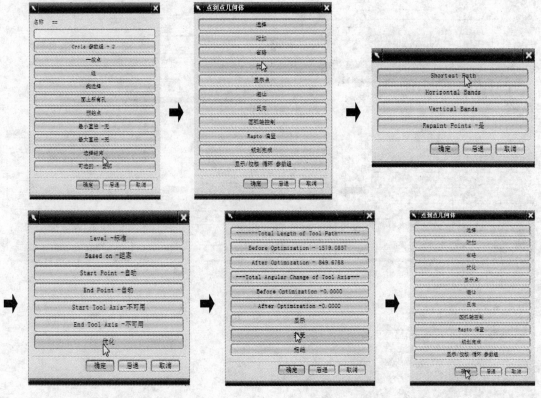

图　11-56

2. 选择循环方式和设置参数组

在【SPOT＿DRILLING】对话框中选择【标准钻】循环方式，再单击编辑参数按钮，进入【指定参数组】对话框，系统自动显示【Number of Sets】为 1；单击【确定】按钮，进入【Cycle 参数】对话框，并指定模型深度为 2mm、进给速度为 100mm/min、暂停时间为 2s 和退刀距离为 10mm 和 20mm，主轴转速为 500r/min，这样就完成了循环参数组的设置。

具体步骤如图 11-57 所示。

3. 进给和速度的设置

具体步骤如图 11-58 所示。

4. 生成刀具轨迹

单击【SPOT＿DRILLING】对话框中的生成按钮。生成如图 11-59 所示的刀具轨迹。

5. 完成中心钻轨迹的创建

单击【刀轨可视化】对话框中的【确定】按钮，返回【Spot Drilling】对话框，再单击【确定】按钮，完成中心钻轨迹的创建。

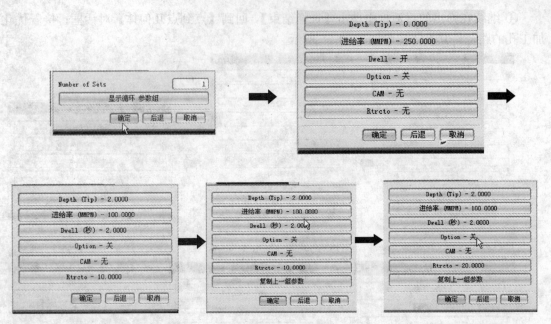

图　11-57

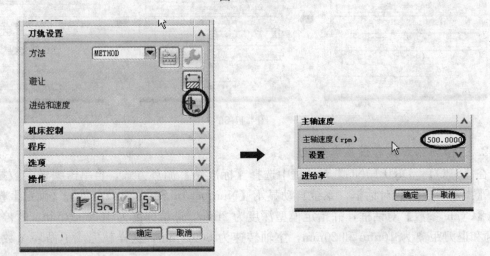

图　11-58

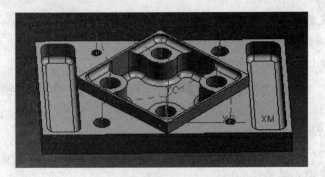

图　11-59

11.11.3　麻花钻点位加工方式

具体步骤如图 11-60 所示。

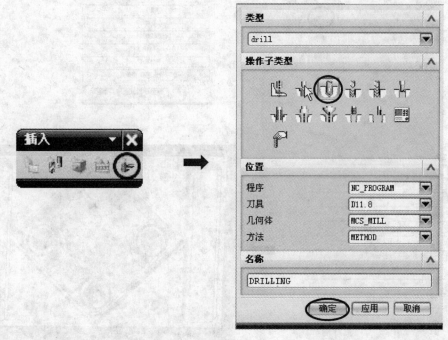

图　11-60

11.11.4　麻花钻点位加工参数

1. 指定孔

① 在【DRILLING】对话框中单击【指定孔】右侧的按钮 ；在【点到点几何体】对话框中单击【选择】，再在弹出的对话框中单击【类选择】，并在视图窗口中选中 4 处 φ12mm 的通孔，弹出对话框；单击【确定】按钮即可。

具体步骤如图 11-61 所示。

② 在弹出的对话框中单击【选择结束】，回到【点到点几何体】对话框，接着优化加工孔的路径，具体步骤参照图 11-56。

2. 指定底面

具体步骤如图 11-62 所示。

3. 选择循环方式和设置参数组

在【DRILLING】对话框中选择【标准断屑钻】循环方式，再单击编辑参数按钮，进入【指定参数组】对话框，系统自动显示【Number of Sets】为 1；单击【确定】按钮，进入【Cycle 参数】对话框；单击【Depth】选项，在出现的【Cycle 深度】对话框中单击【穿过底面】选项，指定进给速度为 200mm/min、暂停时间为 2s 和退刀距离为 10mm，主轴转速为 500r/min，这样就完成了循环参数组的设置。

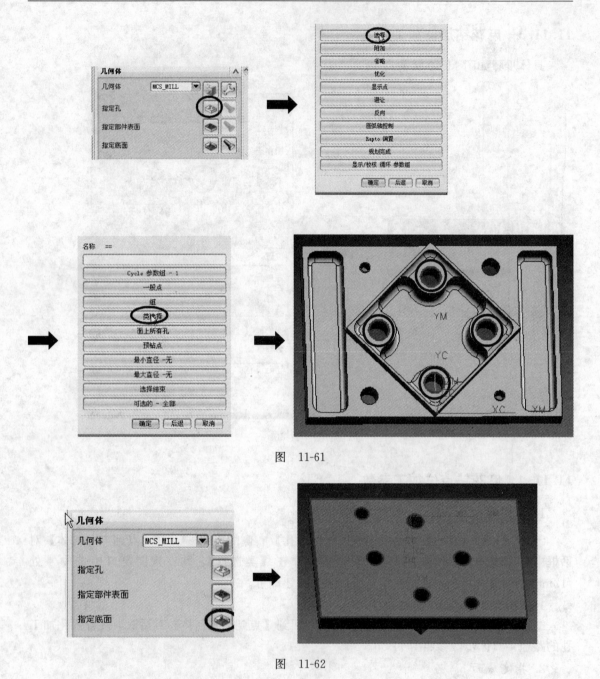

图　11-61

图　11-62

具体步骤如图 11-63 所示。

4. 进给和速度的设置

具体步骤参照图 11-58。

5. 生成刀具轨迹

单击【DRILLING】对话框中的生成按钮 ，生成如图 11-64 所示的刀具轨迹。

注意：对于麻花钻钻 2 处 ϕ10mm 的通孔和 2 处 ϕ6mm 的螺纹孔，可以直接复制

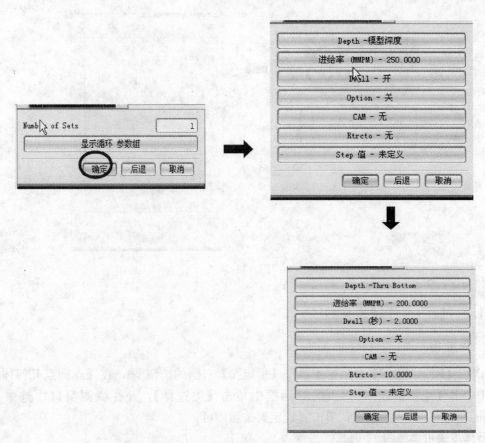

图 11-63

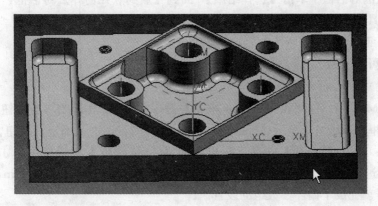

图 11-64

【DRILLING】操作，然后粘贴，再修改【DRILLING】对话框中的指定孔和刀具，其他步骤同上，这里不再做详细的介绍。

11.11.5 铰刀点位加工方式

具体步骤如图 11-65 所示。

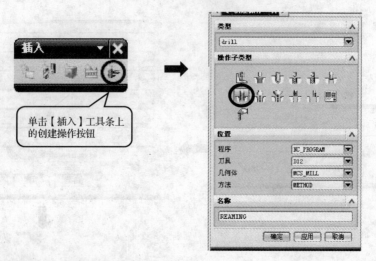

图　11-65

11.11.6　铰刀点位加工参数

1. 指定孔

① 在【REAMING】对话框中单击【指定孔】右侧的按钮 ，在【点到点几何体】对话框中单击【选择】，再在弹出的对话框中单击【类选择】，并在视图窗口中选中 4 处 ϕ12mm 的通孔，弹出对话框；单击【确定】按钮即可。

具体步骤可参照图 11-61。

② 在弹出的对话框中单击【选择结束】，回到【点到点几何体】对话框，接着优化加工孔的路径，其具体步骤可参照图 11-56。

2. 指定底面

具体步骤可参照图 11-62。

3. 选择循环方式和设置参数组

在【REAMING】对话框中选择【标准钻】循环方式再单击编辑参数按钮，进入【指定参数组】对话框，系统自动显示【Number of Sets】为 1；单击【确定】按钮，进入【Cycle 参数】对话框；单击【Depth】选项，在出现的【Cycle 深度】对话框中单击【穿过底面】选项，并指定进给速度为 30mm/min、暂停时间为 2s 和退刀距离为 10mm，主轴转速为 50r/min，这样就完成了循环参数组的设置。

具体步骤根据图 11-66 所示进行操作。

4. 进给和速度的设置

具体步骤可参照图 11-58。

5. 生成刀具轨迹

单击【REAMING】对话框中的生成按钮 ，生成如图 11-67 所示的刀具轨迹。

注意：对于铰 2 处 ϕ10mm 的通孔，可以直接复制【REAMING】操作，然后粘贴，再修改【REAMING】对话框中的指定孔和刀具，其他步骤同上，这里不再做详细的介绍。

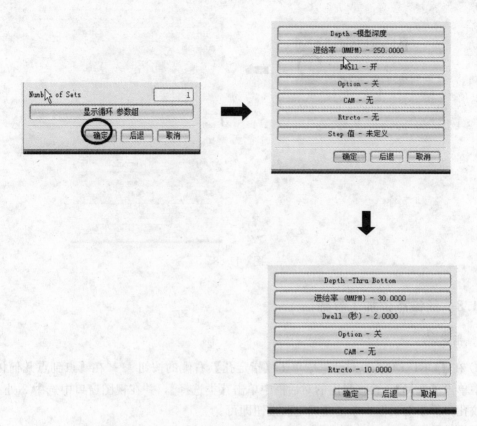

图　11-66

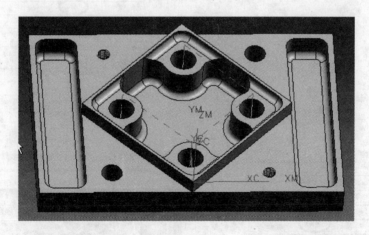

图　11-67

11. 11. 7　丝锥点位加工方式

具体步骤如图 11-68 所示。

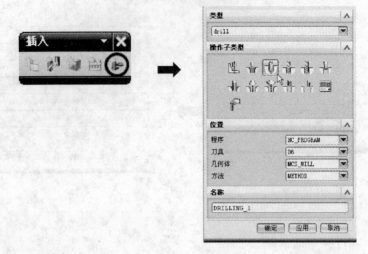

图　11-68

11.11.8　丝锥点位加工参数

1. 指定孔

①　在【DRILLING】对话框中单击【指定孔】右侧的按钮 ；在【点到点几何体】对话框中单击【选择】，再在弹出的对话框中单击【类选择】，并在视图窗口中选中 2 处 ϕ6mm 的螺纹孔，弹出对话框；单击【确定】按钮即可。

具体步骤如图 11-69 所示。

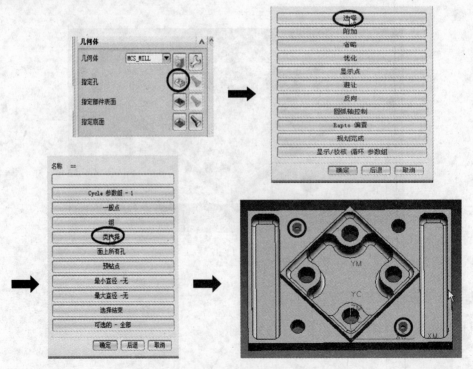

图　11-69

② 在弹出的对话框中单击【选择结束】，回到【点到点几何体】对话框，接着优化加工孔的路径，其具体步骤参照图 11-56。

2. 选择循环方式和设置参数组

在【DRILLING】对话框中选择【标准攻螺纹】循环方式，再单击编辑参数按钮，进入【指定参数组】对话框，系统自动显示【Number of Sets】为 1；单击【确定】按钮，进入【Cycle 参数】对话框；单击【Depth】选项，在出现的【Cycle 深度】对话框中选择模型深度，并指定进给速度为 200mm/min、暂停时间为 2s 和退刀距离为 20mm，主轴转速为 500r/min，这样就完成了循环参数组的设置。

具体步骤如图 11-70 所示。

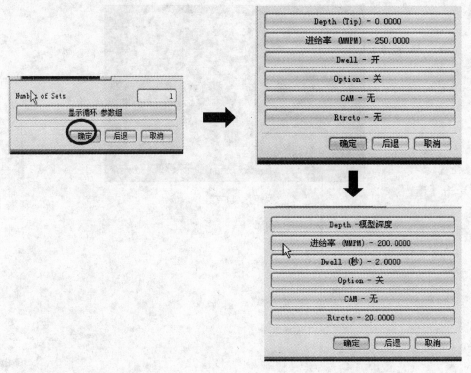

图　11-70

3. 进给和速度的设置

具体步骤参照图 11-58。

4. 生成刀具轨迹

单击【DRILLING】对话框中的生成按钮 ，生成如图 11-71 所示的刀具轨迹。

5. 模拟切削

选中【操作导航器】中的 14 个步骤，单击 ，弹出【刀轨可视化】对话框；再单击【2D 动态】选项卡；将对话框中的右边滚动条向下拉，单击【动画速度】选项下的播放按钮 ，此时绘图区域内会出现刀具模拟切削活动。完成后的图形如图 11-72 所示。

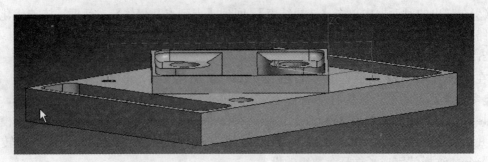

图　11-71

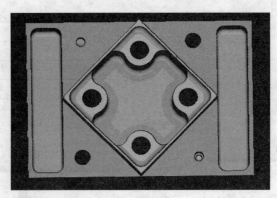

图　11-72

第 12 章　带圆顶的凸凹模零件加工

12.1　工件分析

如图 12-1 所示，模型的总体尺寸为 200mm×140mm×40mm。

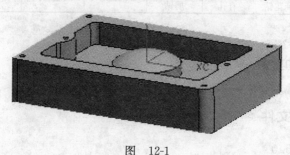

图　12-1

12.2　工艺规划

1. 毛坯

尺寸：200mm×140mm×40mm。

材料：P20。

2. 工件安装

利用标准垫块使毛坯高于平口虎钳 10mm 以上，再夹紧安装到机床上。

3. 加工坐标原点

XY：分中；Z：工件顶面。

4. 工步安排

本工件的形状较为复杂，没有特别小的圆角，表面质量没有特别的要求，工步安排如下：

1）选用 φ16mm 的硬质合金镶刀片平刀进行开粗加工，然后用 φ8mm 平刀对凹槽进行精加工，用 φ10R2 的平刀进行中心凸球面的粗加工和精加工。具体的加工工步见表 12-1。

表 12-1　型腔铣加工工步表

序　号	加工内容	进给方式	刀　具	转速/（r/min）	进给速度/（mm/min）
01	型芯开粗加工	CAVITY-MILL	φ16mm 平刀	1000	500
02	型腔精加工	CAVITY-MILL	φ8mm 平刀	1500	300
03	凸球面的粗加工	FIXED-CONTOUR	φ10R2 平刀	1000	500
04	凸球面的精加工	FIXED-CONTOUR	φ10R2 平刀	1500	300

2) 选用 ϕ2mm 的中心钻钻工件表面 6 处中心孔, 然后利用 ϕ5mm 的麻花钻钻工件表面 6 处 ϕ5mm 的通孔。具体的加工工步见表 12-2。

表 12-2　点位加工工步表

序　号	加工内容	刀　具	加工位置选择	循环方式	循环组参数设置			
					组　数	切削深度/mm	暂停时间/s	进给速度/（mm/min）
1	钻 6 处中心孔	ϕ2mm中心钻	面上所有孔	标准钻	1	2	2	100
2	钻 6 处ϕ5mm 通孔	ϕ5mm麻花钻	面上所有孔	标准断屑钻	1	通过底面	2	200

12.3　模型初始设置

12.3.1　打开模型文件

1. 打开 UG NX5.0

在桌面上双击 NX5.0 的快捷方式图标，或单击【开始】/【程序】/【UG NX5.0】/【NX5.0】，进入 UG NX5.0 初始化环境界面。

2. 打开模型文件

在启动界面中单击打开文件按钮，在弹出的对话框中选择 X2.prt 部件文件，如图 12-2 所示，单击【OK】按钮打开 X12.prt。

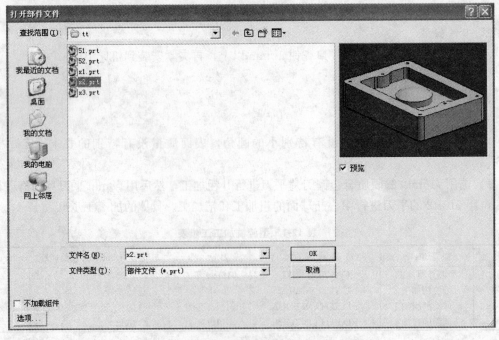

图　12-2

3. 检查图形文件

打开图形文件后，对模型进行旋转、放大、切换视角，检查模型是否有缺陷、错误。

4. 确认工件坐标系

把工件坐标系原点设在工件顶面的对称中心位置处，工件坐标系和加工坐标系统一起来，这样就不容易出错。当前模型的坐标系已经符合以上要求，不需对其进行调整。

12.3.2　进入加工模组设置初始化

1. 进入加工模组

具体步骤如图 12-3 所示。

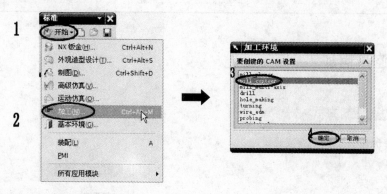

图　12-3

2. 设置加工坐标系

双击操作导航器内的【MCS_MILL】⊕ ⳑⱬ MCS_MILL，弹出机床坐标系对话框；单击【指定 MCS】中的按钮⳺，弹出【CSYS】对话框；单击动态按钮ⳑⱬ，然后单击【确定】按钮，完成加工坐标系的设置。

3. 创建刀具

1）创建 ϕ16mm 平刀。在工具条快捷图标中单击创建刀具按钮🗗，弹出【创建刀具】对话框；选择【类型】中的【mill_planar】，再选择【刀具子类型】中的按钮🗗，在【名称】文本框中输入 D16，单击【确定】按钮；在弹出的【Milling Tool-5 Parameters】对话框中设置参数（【直径】为【16】，其他使用默认值，将对话框右边的滚动条向下拉，继续设置【刀具号】为【1】，【长度补偿】为【1】，【刀具补偿】为【1】），完成后单击【确定】按钮，完成 ϕ16mm 平刀的创建。

2）创建 ϕ2mm 中心钻。在工具条快捷图标中单击创建刀具按钮🗗，弹出【创建刀具】对话框；选择【类型】中的【drill】，再选择【刀具子类型】中的按钮🗗，在【名称】文本框中输入 D2，单击【确定】按钮；在弹出的【Milling Tool-5 Parameters】对话框中设置参数（【直径】为【2】，其他使用默认值，将对话框右边的滚动条向下拉，继续设置【刀具号】为【2】，【长度补偿】为【2】，【刀具补偿】为【2】），完成后单击【确定】按钮，完成 ϕ2mm 中心钻的创建。

3）按照同样的方法，分别创建好第 3、4、5 把钻削刀具，刀具的名称和参数见表 12-3。

表 12-3　创建刀具参数表

刀　号	子类型图标	名　　称	类　　型	刀具直径/mm	有效长度/mm
1		D16	平刀	16	50
2		D2	中心钻	2	50
3		D10R2	平刀	10R2	50
4		D8	平刀	8	50
5		D5	麻花钻	5	70

12.4　型腔开粗加工

12.4.1　选择加工方式

具体步骤如图 12-4 所示。

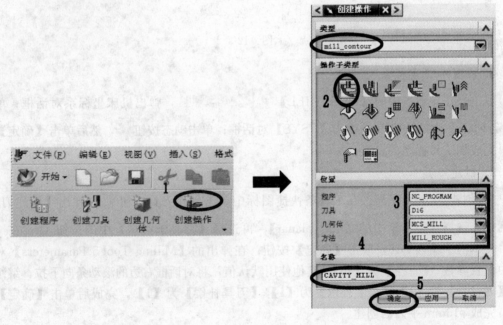

图　12-4

12.4.2　设置型腔铣加工参数

1. 指定部件

单击【型腔铣】对话框中【指定部件】右侧的按钮，在【部件几何体】对话框中选中毛坯或者选【全选】，再按【确定】按钮，如图 12-5 所示。

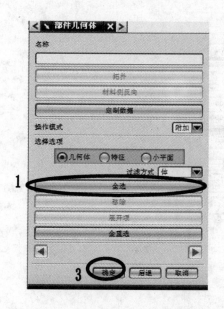

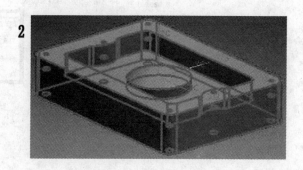

图　12-5

2. 指定切削区域

单击【型腔铣】对话框中【指定切削区域】右侧的按钮，弹出【切削区域】对话框，指定切削区域的具体步骤如图 12-6 所示。

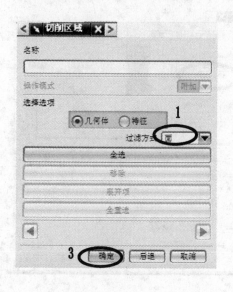

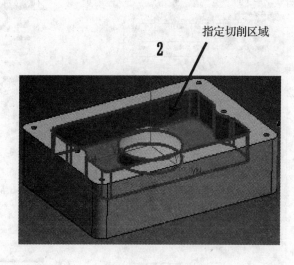

指定切削区域

图　12-6

3. 设置刀轨参数

具体步骤如图 12-7 所示。

4. 设置切削参数

具体步骤如图 12-8 所示。

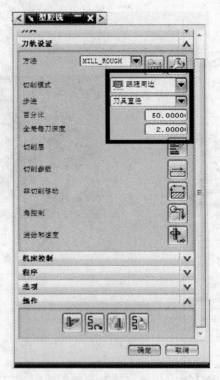

图　12-7

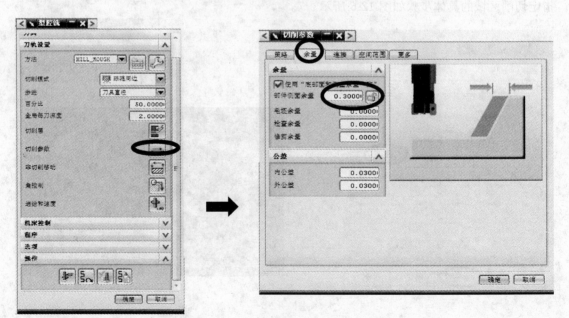

图　12-8

5. 设置进给和速度参数

具体步骤如图 12-9 所示。

6. 生成刀具轨迹

单击【型腔铣】对话框中的生成按钮，生成如图 12-10 所示的刀具轨迹。

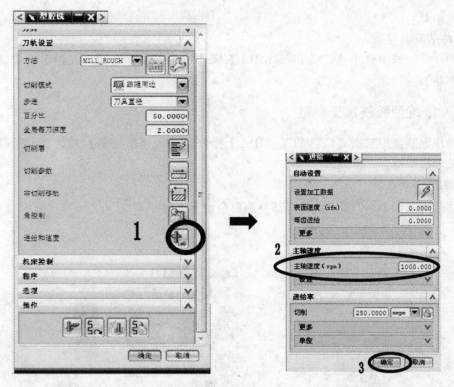

图　12-9

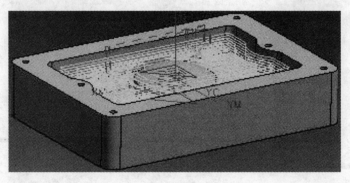

图　12-10

7. 完成型腔铣加工刀具轨迹的创建

在【型腔铣】对话框中单击【确定】按钮，完成型腔铣加工刀具轨迹的创建。

12.5　型腔精加工

12.5.1　复制型腔铣操作

1. 复制刀具路径

在操作导航器中选中【CAVITY_MILL】操作，单击鼠标右键，在弹出的快捷菜单中选择【复制】。

2. 粘贴刀具路径

在操作导航器中选中【CAVITY_MILL】操作，单击鼠标右键，在弹出的快捷菜单中选择【粘贴】。

12.5.2 修改型腔铣加工参数

在操作导航器中双击【CAVITY_MILL】操作，进入【型腔铣】对话框，刀具可不更换，刀轨参数不变。

1. 修改切削参数

具体步骤如图 12-11 所示，将【部件侧面余量】改为 0。

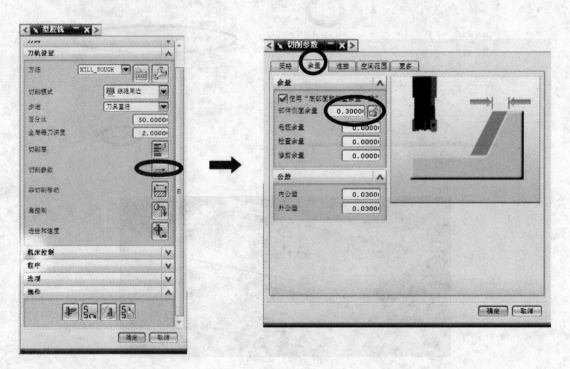

图 12-11

2. 修改进给和速度参数

具体步骤如图 12-12 所示，将主轴速度改为 1500r/min。

3. 生成刀具轨迹

单击【型腔铣】对话框中的生成按钮 即可。

4. 完成型腔铣加工刀具轨迹的创建

在【型腔铣】对话框中单击【确定】按钮，完成型腔铣加工刀具轨迹的创建。

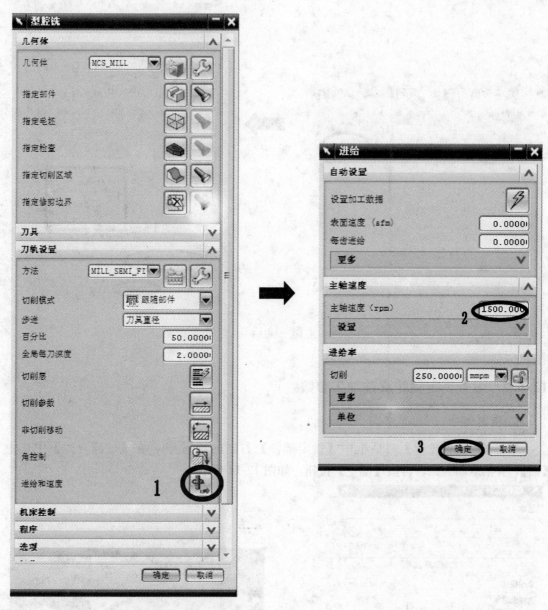

图　12-12

12.6　凸球面的粗加工

12.6.1　选择加工方式

具体步骤如图 12-13 所示。

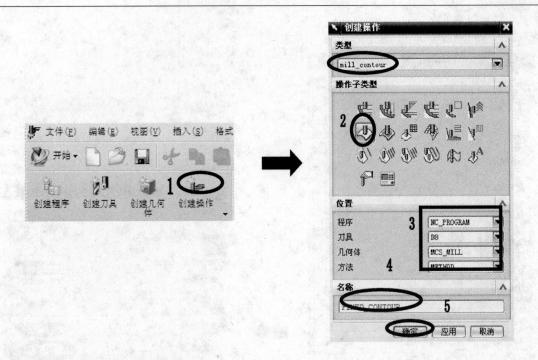

图 12-13

12.6.2 设置固定轴轮廓铣加工参数

1. 指定部件

单击【固定轴轮廓】对话框中【指定部件】右侧的按钮，在【过滤方式】中选中【面】，并拾取凸表面，再按【确定】按钮，如图 12-14 所示。

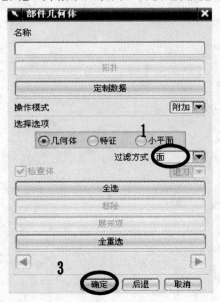

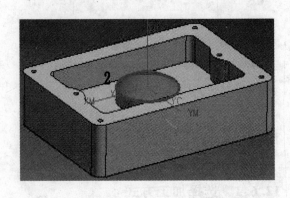

图 12-14

2. 指定驱动方式

单击【方法】中的【区域铣削】，弹出【区域铣削驱动方式】对话框，具体步骤如图 12-15 所示。

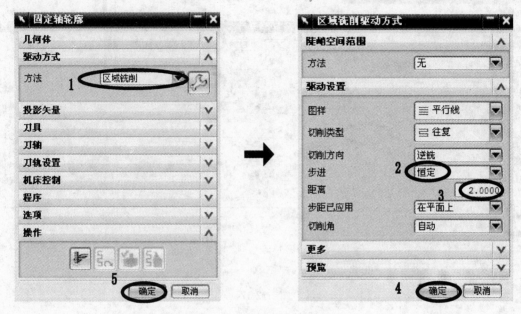

图　12-15

3. 设置刀轨参数

具体步骤如图 12-16 所示。

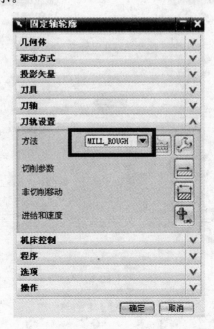

图　12-16

4. 设置切削参数

具体步骤如图 12-17 所示。

图　12-17

5. 设置进给和速度参数

具体步骤如图 12-18 所示。

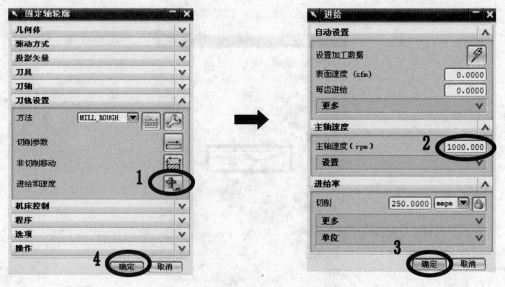

图　12-18

6. 生成刀具轨迹

单击【固定轴轮廓】对话框中的生成按钮，生成如图 12-19 所示的刀具轨迹。

7. 完成固定轴轮廓铣加工刀具轨迹的创建

在【固定轴轮廓】对话框中单击【确定】
按钮，完成固定轴轮廓铣加工刀具轨迹的创建。

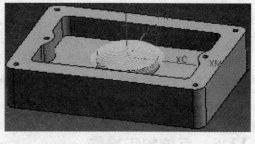

12.7　凸球面的精加工

12.7.1　复制固定轴轮廓铣操作

图　12-19

1. 复制刀具路径

在操作导航器中选中【FIXED-CONTOUR】操作，单击鼠标右键，在弹出的快捷菜单
中选择【复制】。

2. 粘贴刀具路径

在操作导航器中选中【FIXED-CONTOUR】操作，单击鼠标右键，在弹出的快捷菜单
中选择【粘贴】。

12.7.2　修改固定轴轮廓铣加工参数

在操作导航器中双击【FIXED-CONTOUR】操作，进入【固定轴轮廓】对话框，刀具
可不更换，刀轨参数不变。

1. 修改切削参数

将【部件侧面余量】改为 0。

2. 修改刀轨参数

将【刀轨设置】中的【方法】设置成【MILL-FINISH】。

3. 修改进给和速度参数

具体步骤如图 12-20 所示，将主轴速度改为 1500r/min。

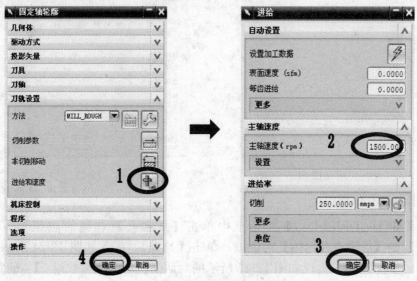

图　12-20

4. 生成刀具轨迹

单击【固定轴轮廓】对话框中的生成按钮即可。

5. 完成固定轴轮廓铣加工刀具轨迹的创建

在【固定轴轮廓】对话框中单击【确定】按钮，完成固定轴轮廓铣加工刀具轨迹的创建。

12.8　点位加工操作

1. 钻 6 处中心孔

1) 创建操作。单击工具条中的创建操作快捷图标，出现如图 12-21 所示的【创建操作】对话框；选择【类型】中的【drill】，在【操作子类型】中选择 SPOT_DRILLING 图标，其他选项按照图 12-21 进行选择，完成后单击【确定】按钮即可进入如图 12-22 所示的【SPOT_DRILLING】对话框。

图　12-21

图　12-22

2) 选择加工孔位置。

① 在【SPOT_DRILLING】对话框中单击【指定孔】右侧的按钮，便进入如图 12-23 所示的【点到点几何体】对话框；单击【选择】，进入如图 12-24 所示的对话框；单击【Cycle 参数组-1】，出现如图 12-25 所示的对话框；单击【参数组 1】，确定后返回到出现如图 12-24 所示的对话框；单击【面上所有孔】，并在视图窗口中选中主模型顶面，

出现如图 12-26 所示的对话框；单击【确定】按钮即可。

图　12-23　　　　　　　　　　　　　图　12-24

图　12-25

 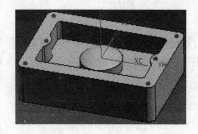 

图　12-26

　　② 在如图 12-26 所示的对话框中单击【选择结束】，回到如图 12-23 所示的【点到点几何体】对话框，接着优化加工孔的路径，具体步骤如图 12-27 所示。

　　3）选择循环方式和设置参数组。在【SPOT_DRILLING】对话框中选择【标准钻】循环方式，再单击编辑参数按钮，进入如图 12-28 所示的【指定参数组】对话框，系统自动显

图　12-27

示【Number of Sets】为 2；单击【确定】按钮，进入如图12-29所示的【Cycle 参数】对话框；参考表 12-2，指定模型深度为 2mm、进给速度为 100mm/min、暂停时间为 2s 和退刀距离为 3mm，主轴转速为 500mm/s，这样就完成了循环参数组 1 的设置。

图　12-28　　　　　　　　　　　　　　　　图　12-29

4）生成刀具轨迹。单击【SPOT_DRILLING】对话框中的生成按钮 即可。

5）完成钻中心孔加工刀具轨迹的创建。在【SPOT_DRILLING】对话框中单击【确定】按钮，完成钻中心孔加工刀具轨迹的创建。

2. 钻 6 处通孔

1）创建操作。单击工具条中的创建操作快捷图标，出现如图 12-30 所示的【创建操作】对话框；选择【类型】中的【drill】，在【操作子类型】中选择 DRILLING 图标，其他选项按照图 12-30 进行选择；完成后单击【确定】按钮即可进入如图 12-31 所示的【钻】对话框，其他选项按照图 12-31 进行选择。

2）选择加工孔位置。

① 在【钻】对话框中单击【指定孔】右侧的按钮 ，便进入【点到点几何体】对话框；单击【选择】，进入如图 12-24 所示的对话框；单击【面上所有孔】，并在视图窗口中选中主模型顶面，出现如图 12-26 所示的对话框；单击【确定】按钮即可。

② 在如图 12-24 所示的对话框中单击【选择结束】，回到【点到点几何体】对话框，接着优化加工孔的路径，其具体步骤可参照图 12-27。

3）设置进给和速度参数。具体参数根据图 12-32 进行设置。

图　12-30

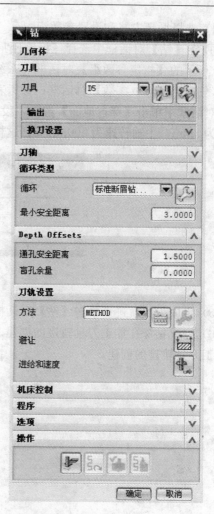

图　12-31

图　12-32

4）选择循环方式和设置参数组。

① 在【钻】对话框中选择【标准断屑钻】循环方式，再单击编辑参数按钮，进入如图 12-33 所示的【指定参数组】对话框，系统自动显示【Number of Sets】为 1；单击【确定】按钮，进入【Cycle 参数】对话框；参考表 12-2，单击【Depth】选项，在出现的【Cycle 深度】对话框中单击【穿过地面】选项，设置进给速度为 200mm/min、暂停时间为 2s 和退刀距离为 3mm，主轴转速为 500mm/s，这样就完成了循环参数组 1 的设置。

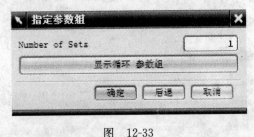

图　12-33

5）生成刀具轨迹。单击【钻】对话框中的生成按钮 即可。

6）完成钻深孔加工刀具轨迹的创建。在【钻】对话框中单击【确定】按钮，完成钻深孔加工刀具轨迹的创建。

第 13 章　复杂模具型腔加工

13.1　工件分析

如图 13-1 所示，模型的总体尺寸为 89mm×63.5mm×18mm。模型由凹槽、4 个直径为 3.4mm 的通孔，以及 24 个直径为 2mm 的小孔组成。

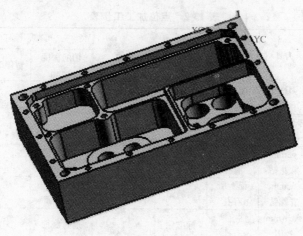

图　13-1

13.2　工艺规划

1. 毛坯

尺寸：89mm×63.5mm×18mm。

材料：P20。

2. 工件安装

利用标准垫块使毛坯高于平口虎钳 10mm 以上，再夹紧安装到机床上。

3. 加工坐标原点

XY：处于零件右上角；Z：工件顶面。

4. 工步安排

本工件的形状较为复杂，孔特别多，没有特别小的圆角，表面质量没有特别的要求，工步安排如下：

1）选用 φ16mm 的硬质合金镶刀片平刀进行开粗加工，然后用 φ4mm 平刀对凹槽进行半精加工，最后用 φ3mm 的刀进行精加工。

具体的加工工步见表 13-1。

表 13-1　型腔铣加工工步表

序　号	加工内容	进给方式	刀　具	转速/（r/min）	进给速度/（mm/min）
01	型腔开粗加工	型腔铣	ϕ16mm 平刀	1000	500
02	型腔半精加工	型腔铣	ϕ4mm 平刀	1500	300
03	型腔精加工	型腔铣	ϕ3mm 平刀	1500	300

2）选用 ϕ2mm 的平刀铣型腔，铣没有加工到的两个小槽，再用 ϕ2mm 的平刀精加工。

3）选用 ϕ1mm 的中心钻钻工件上面 28 处中心孔，然后利用 ϕ3.4mm 的麻花钻钻工件上表面 4 处 ϕ3.4mm 的通孔，用 ϕ2mm 的麻花钻钻其他 24 处 ϕ2mm 的孔，再用 ϕ3.4mm 的铰刀铰削。

具体的加工工步见表 13-2。

表 13-2　点位加工工步表

序　号	加工内容	刀具	加工位置选择	循环方式	组数	循环组参数设置		
						切削深度/mm	暂停时间/s	进给速度/（mm/min）
1	钻 28 处中心孔	ϕ1mm 中心钻	面上所有孔	标准钻	2	2	2	100
2	钻 4 处 ϕ3.4mm 通孔	ϕ3.4mm 麻花钻	面上所有孔	断屑钻	1	通过底面	2	200
3	钻 16 处 ϕ2mm 的孔	ϕ2mm 麻花钻	面上所有孔	断屑钻	1	拾取孔的底面	2	200
4	钻 8 处 ϕ2mm 的孔	ϕ2mm 麻花钻	面上所有孔	断屑钻	1	拾取孔的底面	2	200
5	铰 4 处 ϕ3.4mm 通孔	ϕ3.4mm 铰刀	面上所有孔	标准钻	1	通过底面	2	30

13.3　模型初始设计

13.3.1　打开模型文件

1. 打开 UG NX5.0

在桌面上双击 NX5.0 的快捷方式图标，或单击【开始】/【程序】/【UG NX5.0】/【NX5.0】，进入 UG NX5.0 初始化环境界面。

2. 打开模型文件

在启动界面中，单击打开文件按钮，在弹出的对话框中选择 T3-2，再单击【OK】按钮，打开 T3-2. prt 文件（图 13-2）。

3. 检查图形文件

打开图形文件后，对模型进行旋转、放大、切换视角，检查模型是否有缺陷、错误。

4. 确认工件坐标系

把工件坐标系原点设在工件顶面的右上角位置处，工件坐标系和加工坐标系统一起来，这样就不容易出错。当前模型的坐标系已经符合以上要求，不需对其进行调整。

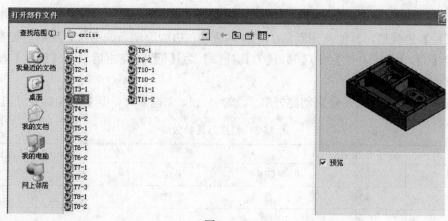

图　13-2

13.3.2　进入加工模块设置初始化

1. 进入加工模块

具体步骤如图 13-3 所示。

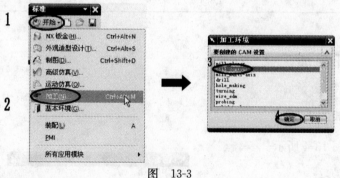

图　13-3

2. 设置加工坐标系

双击操作导航器内的【MCS_MILL】 ⊕ ᵏ₂ᵧ MCS_MILL，弹出机床坐标系对话框；单击【指定 MCS】中的按钮 ，弹出【CSYS】对话框；单击动态按钮 ，然后单击【确定】按钮，完成加工坐标系的设置。

3. 创建刀具

1）创建 ϕ16mm 平刀。在工具条快捷图标中单击创建刀具按钮 ，弹出【创建刀具】对话框；选择【类型】中的【mill_planar】，再选择【刀具子类型】中的按钮 ，在【名称】文本框中输入 D16，单击【确定】按钮；在弹出的【Milling Tool-5 Parameters】对话框中设置参数（【直径】为【16】，其他使用默认值，将对话框右边的滚动条向下拉，继续设置参数【刀具号】为【1】，【长度补偿】为【1】，【刀具补偿】为【1】），完成后单击【确定】按钮，完成 ϕ16mm 平刀的创建。

2）创建 ϕ1mm 中心钻。在工具条快捷图标中单击创建刀具按钮 ，弹出【创建刀具】对话框；选择【类型】中的【drill】，再选择【刀具子类型】中的按钮 ，在【名称】文本框中输入 D1，单击【确定】按钮；在弹出的【Milling Tool-5 Parameters】对话框中设置参数（【直径】为【1】，其他使用默认值，将对话框右边的滚动条向下拉，继续设置参数【刀具号】为【5】，【长度补偿】为【5】，【刀具补偿】为【5】），完成后单击【确定】按钮，完成 ϕ1mm 中心钻的创建。

　　3）按照同样的方法，分别创建好第 2、3、4、6、7 把刀具，其名称和参数见表 13-3。

表 13-3　创建刀具参数表

刀　号	子类型图标	名　　称	类　　型	刀具直径/mm	有效长度/mm
1	🔧	D16	平刀	16	75
2	🔧	D4	平刀	4	75
3	🔧	D3	平刀	3	75
4	🔧	D2	平刀	2	75
5	🔧	D1	中心钻	1	50
6	🔧	D3.4	麻花钻	3.4	100
7	🔧	D2	麻花钻	2	100
8	🔧	D3.4	铰刀	3.4	100

13.4　型腔开粗加工

13.4.1　选择加工方式

　　具体步骤如图 13-4 所示。

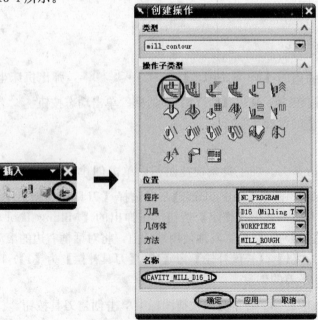

图　13-4

13.4.2　设置型腔铣加工参数

1. 设置几何体

具体步骤如图 13-5 所示。

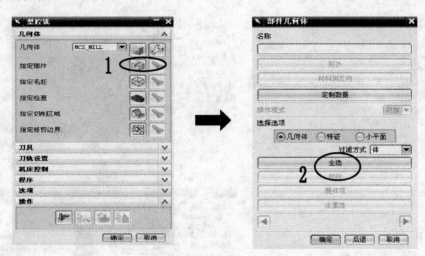

图　13-5

2. 设置刀轨参数

具体步骤如图 13-6 所示。

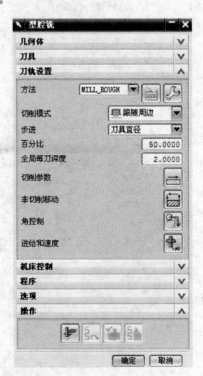

图　13-6

3. 设置切削参数

具体步骤如图 13-7 所示。

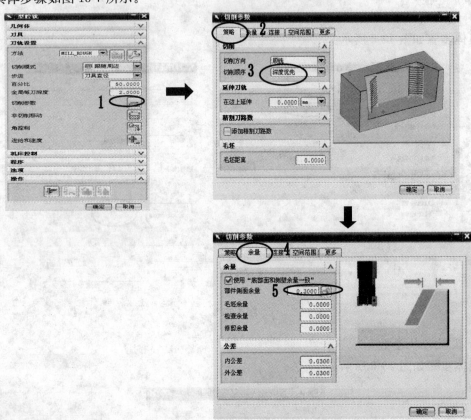

图　13-7

4. 设置非切削移动参数

具体步骤如图 13-8 所示。

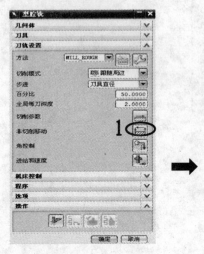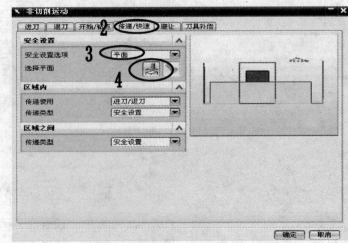

图　13-8

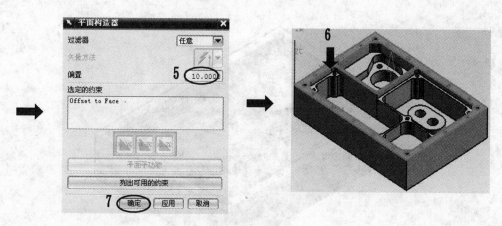

图 13-8（续）

5. 设置进给和速度参数

具体步骤如图 13-9 所示。

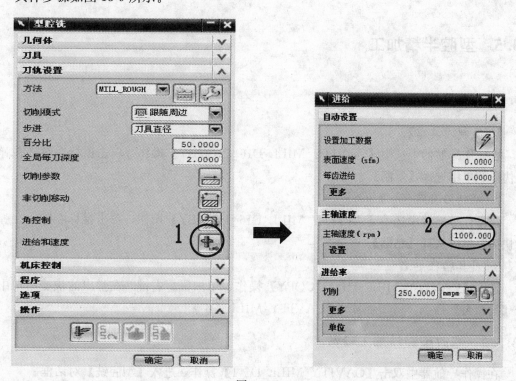

图 13-9

6. 生成刀具轨迹

单击【型腔铣】对话框中的生成按钮，生成如图 13-10 所示的刀具轨迹。

7. 完成型腔铣加工刀具轨迹的创建

在【型腔铣】对话框中单击【确定】按钮，完成型腔铣加工刀具轨迹的创建。

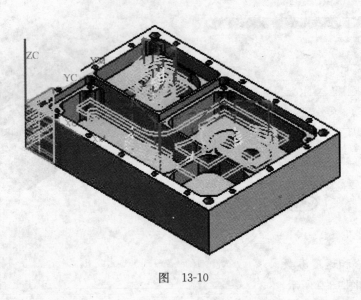

图　13-10

13.5　型腔半精加工

13.5.1　复制型腔铣操作

1. 复制刀具路径

在操作导航器中选中【CAVITY_MILL_D16_1_COPY】操作，单击鼠标右键，在弹出的快捷菜单中选择【复制】。

2. 粘贴刀具路径

在操作导航器中选中【CAVITY_MILL_D16_1_COPY】操作，单击鼠标右键，在弹出的快捷菜单中选择【粘贴】。

3. 刀具路径更名

选中【CAVITY_MILL_D16_1_COPY】操作，单击鼠标右键，在弹出的快捷菜单中选择【重命名】命令，将其命名为"CAVITY_MILL_D4_1"。

13.5.2　修改型腔铣加工参数

在操作导航器中双击【CAVITY_MILL_D4_1】操作，进入【型腔铣】对话框。

1. 设置几何体

具体步骤如图 13-11 所示。

2. 更换刀具

具体步骤如图 13-12 所示。

3. 修改刀轨参数

具体步骤如图 13-13 所示。

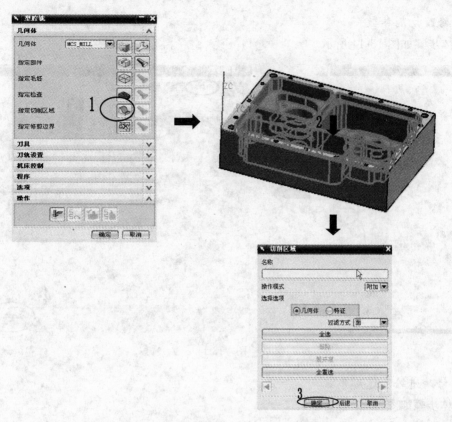

图　13-11

图　13-12

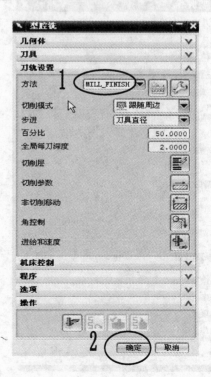

图　13-13

4. 修改切削参数

具体步骤如图 13-14 所示。

 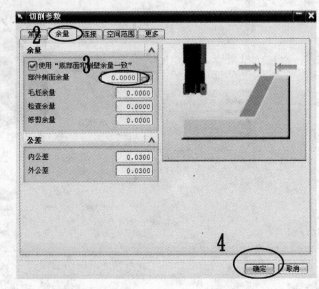

图　13-14

5. 修改进给和速度参数

具体步骤如图 13-15 所示。

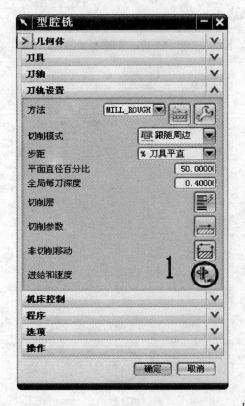 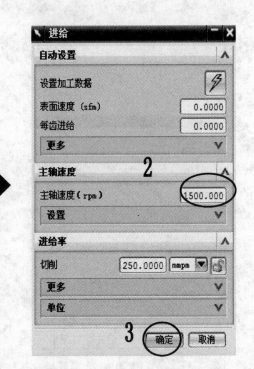

图　13-15

6. 生成刀具轨迹

单击【型腔铣】对话框中的生成按钮 ![按钮] 即可。

7. 完成型腔铣加工刀具轨迹的创建

在【型腔铣】对话框中单击【确定】按钮，完成型腔铣加工刀具轨迹的创建。

13.6 型腔精加工

13.6.1 复制型腔铣操作

1. 复制刀具路径

在操作导航器中选中【CAVITY_MILL_D4_1】操作，单击鼠标右键，在弹出的快捷菜单中选择【复制】。

2. 粘贴刀具路径

在操作导航器中选中【CAVITY_MILL_D4_1】操作，单击鼠标右键，在弹出的快捷菜单中选择【粘贴】。

3. 刀具路径更名

选中【CAVITY_MILL_D4_1】操作，单击鼠标右键，在弹出的快捷菜单中选择【重命名】命令，将其命名为"CAVITY_MILL_D3_1"。

13.6.2 修改型腔铣加工参数

在操作导航器中双击【CAVITY_MILL_D3_1】操作，进入【型腔铣】对话框。

1. 更换刀具

具体步骤如图 13-16 所示。

图 13-16

2. 修改刀轨参数

具体步骤如图 13-17 所示。

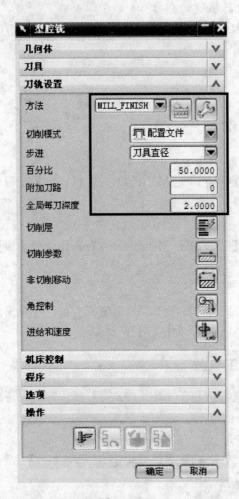

图　13-17

3. 生成刀具轨迹

单击【型腔铣】对话框中的生成按钮 即可。

4. 完成型腔铣加工刀具轨迹的创建

在【型腔铣】对话框中单击【确定】按钮，完成型腔铣加工刀具轨迹的创建。

13.7　平面铣粗加工

13.7.1　选择加工方式

具体步骤如图 13-18 所示。

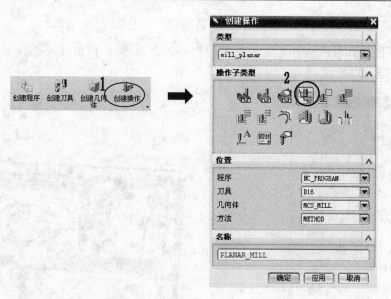

图 13-18

13.7.2 设置平面铣加工参数

1. 指定部件

单击【平面铣】对话框中【指定部件边界】右侧的按钮，具体步骤如图 13-19 所示。

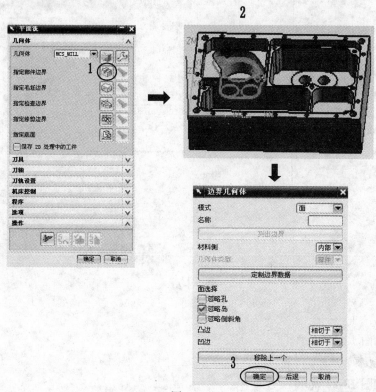

图 13-19

2. 指定底面

单击【平面铣】对话框中【指定底面】右侧的按钮 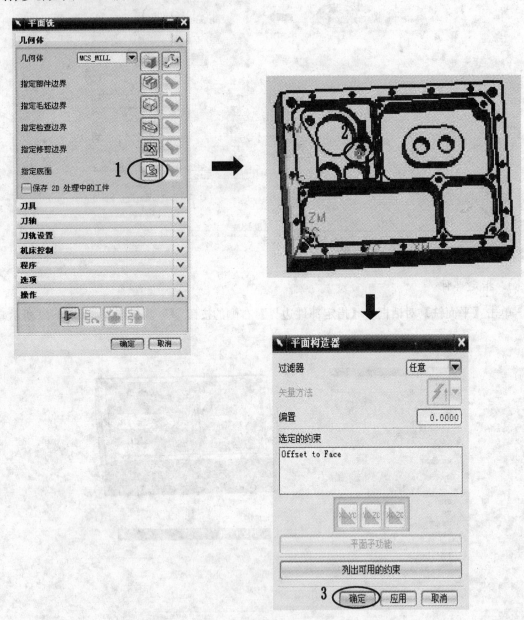，弹出【平面构造器】对话框，具体步骤如图 13-20 所示。

图　13-20

3. 选择刀具

具体步骤如图 13-21 所示。

4. 设置刀轨参数

具体步骤如图 13-22 所示。

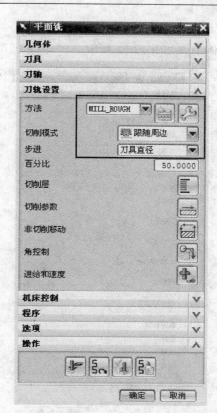

图　13-21　　　　　　　　　　　　　　　　　　图　13-22

5. 设置切削参数

具体步骤如图 13-23 所示。

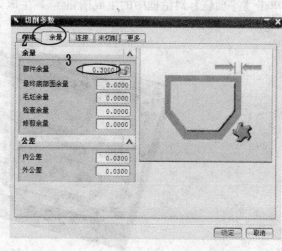

图　13-23

6. 设置进给和速度

具体步骤如图 13-24 所示。

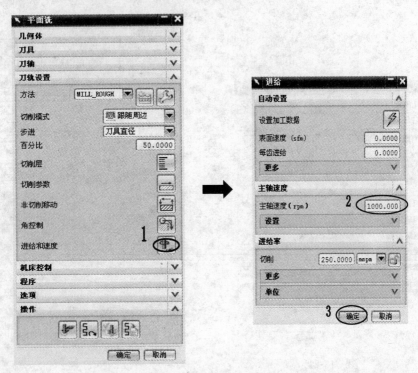

图　13-24

7. 生成刀具轨迹

单击【平面铣】对话框中的生成按钮，生成如图 13-25 所示的刀具轨迹。

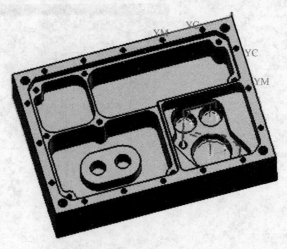

图　13-25

8. 完成平面铣加工刀具轨迹的创建

在【平面铣】对话框中单击【确定】按钮，完成平面铣加工刀具轨迹的创建。

13.8　平面铣精加工

13.8.1　复制平面铣操作

1. 复制刀具路径

在操作导航器中选中【PLANAR_MILL_D2】操作，单击鼠标右键，在弹出的快捷菜单中选择【复制】。

2. 粘贴刀具路径

在操作导航器中选中【PLANAR_MILL_D2】操作，单击鼠标右键，在弹出的快捷菜单中选择【粘贴】。

3. 刀具路径更名

选中【PLANAR_MILL_D2】操作，单击鼠标右键，在弹出的快捷菜单中选择【重命名】命令，将其命名为"PLANAR_MILL_D2_1"。

13.8.2　修改平面铣加工参数

在操作导航器中双击【PLANAR_MILL_D2_1】操作，进入【平面铣】对话框。

1. 更换刀轨设置

具体步骤如图 13-26 所示。

图　13-26

2. 更换切削参数

具体步骤如图 13-27 所示。

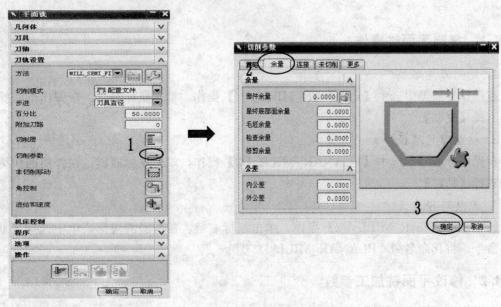

图　13-27

3. 更换进给和速度

具体步骤如图 13-28 所示。

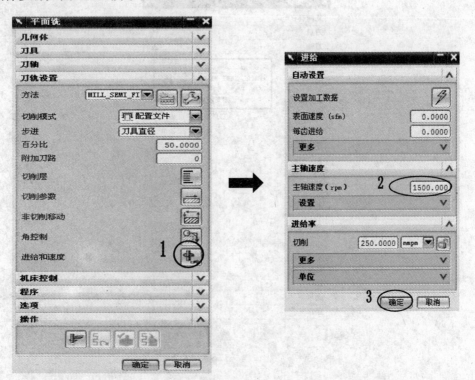

图　13-28

4. 生成刀具轨迹

单击【平面铣】对话框中的生成按钮，生成如图 13-25 所示的刀具轨迹。

5. 完成平面铣加工刀具轨迹的创建

在【平面铣】对话框中单击【确定】按钮，完成平面铣加工刀具轨迹的创建。

13.9 点位加工操作

13.9.1 钻 28 处中心孔

1. 创建操作

单击工具条中的创建操作快捷图标，出现如图 13-29 所示的【创建操作】对话框，选择【类型】中的【drill】，再选择【操作子类型】中的 SPOT_DRILLING 图标，刀具选择 D1，完成后单击【确定】按钮，即可进入【SPOT_DRILLING】操作对话框。

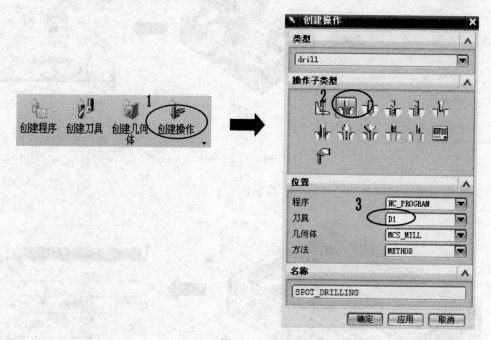

图 13-29

2. 选择加工孔位置

1) 在【SPOT_DRILLING】对话框中单击【指定孔】右侧的按钮，进入【点到点几何体】对话框；单击【选择】，进入如图 13-30 所示的对话框；单击【Cycle 参数组-1】，再单击【参数组 1】，确定后返回到出现如图 13-31 所示的对话框；单击【面上所有孔】，并在视图窗口中选中主模型顶面，最后单击【确定】按钮即可。

2) 单击【Cycle 参数组-1】，再单击【参数组 2】，确定后返回到如图 13-31 所示的对话框；单击【面上所有孔】，并在视图窗口中选中另外 8 个直径为 2mm 的孔所在的平面，出现

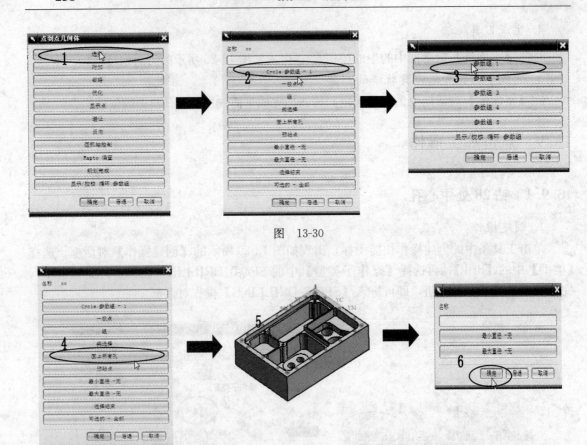

图　13-30

图　13-31

如图 13-32 所示的对话框；单击【确定】按钮即可。

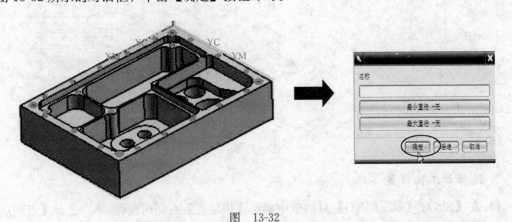

图　13-32

3) 单击【选择结束】，回到【点到点几何体】对话框，接着优化加工孔的路径，其具体步骤如图 13-33 所示。

3. 选择循环方式和设置参数组

1) 在【SPOT_DRILLING】对话框中选择【标准钻】循环方式，再单击编辑参数按

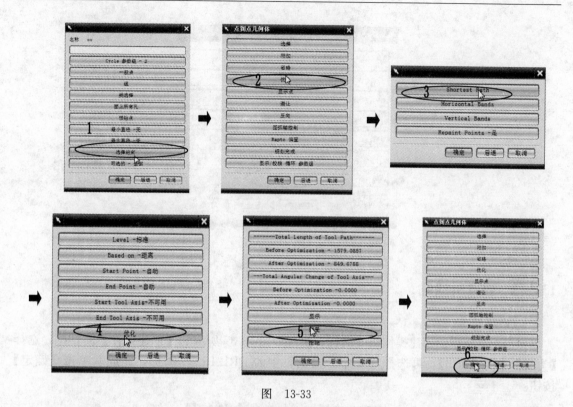

图　13-33

钮，进入如图 13-34 所示的【指定参数组】对话框，系统自动显示【Number of Sets】为 2；单击【确定】按钮，进入如图 13-35 所示【Cycle 参数】对话框；参考表 13-2，指定模型深度为 2mm、进给速度为 100mm/min、暂停时间为 2s、退刀距离为 3mm，这样就完成了循环参数组 1 的设置。

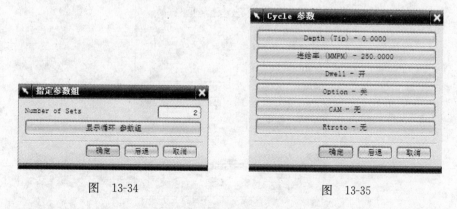

图　13-34　　　　　　　　　　　图　13-35

2）循环参数组 1 设置完成后系统进入如图 13-36 所示【Cycle 参数】对话框，单击【复制上一组参数】，指定循环参数组 2 和循环参数组 1 的内容完全相同。

4. 生成刀具轨迹

单击【SPOT_DRILLING】对话框中的生成按钮，再单击【确定】按钮，完成中心孔加工刀具轨迹的创建。

图 13-36

13.9.2 钻 4 处通孔

1. 创建操作

单击工具条中的创建操作快捷图标，出现如图 13-37 所示的【创建操作】对话框；选择【类型】中的【drill】，再选择【操作子类型】中的 DRILLING 图标，完成后单击【确定】按钮。

图 13-37

2. 选择加工孔位置

1）在【钻】对话框中单击【指定孔】右侧的按钮，便进入【点到点几何体】对话框，具体操作如图 13-38 所示（注意选择【类选择】后，需单击视图窗口中的 4 个通孔，再单击【确定】按钮）。

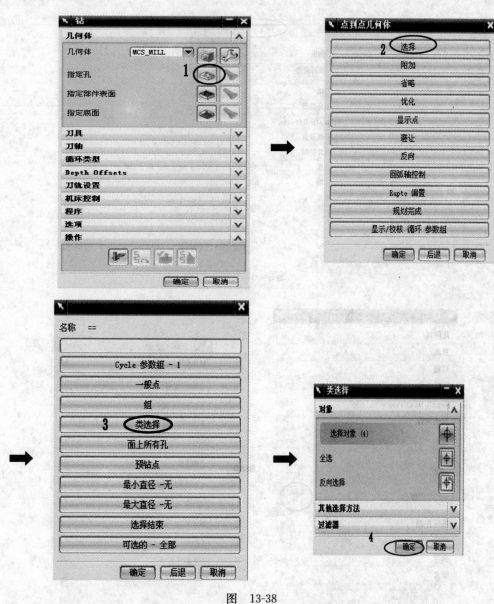

图 13-38

2）单击【选择结束】，回到【点到点几何体】对话框，接着优化加工孔的路径，其具体步骤可参照图 13-33。

3. 设置刀具

具体操作如图 13-39 所示。

4. 设置进给和速度参数

具体参数如图 13-40 所示。

图　13-39

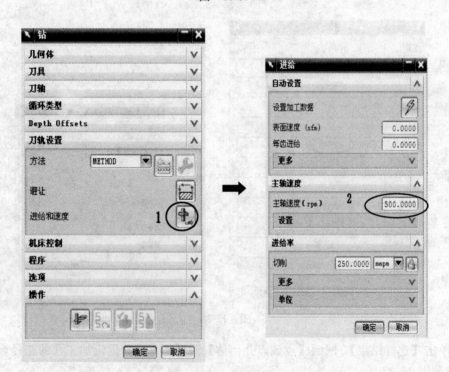

图　13-40

5. 选择循环方式和设置参数组

在【钻】对话框中选择【断屑钻】循环方式，再单击编辑参数按钮，进入如图 13-34 所示的【指定参数组】对话框，系统自动显示【Number of Sets】为 1；单击【确定】按钮，进入【Cycle 参数】对话框；参考表 13-2，单击【Depth】选项，并在出现的【Cycle 深度】

对话框中单击【穿过地面】选项，设置进给速度为 200mm/min、暂停时间为 2s、退刀距离为 3mm，主轴转速为 500r/min，这样就完成了循环参数组 1 的设置。

6. 生成刀具轨迹

单击【DRILLING】对话框中的生成按钮即可。

7. 完成钻深孔加工刀具轨迹的创建

在【DRILLING】对话框中单击【确定】按钮，完成钻深孔加工刀具轨迹的创建。

13.9.3　钻 16 处深度为 6mm 的孔

1. 创建操作

单击工具条中的创建操作快捷图标，出现如图 13-37 所示的【创建操作】对话框；选择【类型】中的【drill】，再选择【操作子类型】中的 DRILLING 图标，完成后单击【确定】按钮。

2. 选择加工孔位置

1）在【钻】对话框中单击【指定孔】右侧的按钮，进入【点到点几何体】对话框；具体操作可参照图 13-38（选择【类选择】后，单击上表面 16 个通孔，再单击【确定】按钮）。

2）单击【选择结束】，回到【点到点几何体】对话框，接着优化加工孔的路径，其具体步骤可参照图 13-33。

3. 设置刀具

具体操作如图 13-41 所示。

4. 设置进给和速度参数

具体参数可参照图 13-40 设置。

5. 选择循环方式和设置参数组

在【钻】对话框中选择【断屑钻】循环方式，再单击编辑参数按钮，进入如图 13-34 所示的【指定参数组】对话框，系统自动显示【Number of Sets】为 1；单击【确定】按钮，进入【Cycle 参数】对话框；参考表 13-2，单击【Depth】选项，在出现的【Cycle 深度】对话框中输入 6 mm，并设置进给速度为 200mm/min、暂停时间为 2s、退刀距离为 3mm，主轴转速为 500r/min，这样就完成了循环参数组 1 的设置。

图　13-41

6. 生成刀具轨迹

单击【DRILLING】对话框中的生成按钮即可。

7. 完成钻深孔加工刀具轨迹的创建

在【DRILLING】对话框中单击【确定】按钮，完成钻深孔加工刀具轨迹的创建。

13.9.4　钻 8 处深度为 6mm 的孔

具体操作可参照 13.9.3 钻 16 处深度为 6mm 的孔的步骤，只需将指定孔改为另外的 8 个直径为 2mm 的孔即可。

13.9.5　铰4处通孔

1. 创建操作

单击工具条中的创建操作快捷图标，出现如图13-42所示的【创建操作】对话框；选择【类型】中的【drill】，再选择【操作子类型】中的 REAMING 图标，完成后单击【确定】按钮，即可进入如图13-43所示的【REAMING】操作对话框。

图　13-42

图　13-43

2. 选择加工孔位置

1) 在【REAMING】对话框中单击【指定孔】右侧的按钮，进入【点到点几何体】对话框；单击【选择】，再单击【面上所有孔】，并在视图窗口中选中主模型顶面的四个通孔，单击【确定】按钮即可。

2) 单击【选择结束】，回到【点到点几何体】对话框，接着优化加工孔的路径，其具体步骤可参照图 13-33。

3. 设置进给和速度参数

具体操作可参照图 13-40，在【主轴速度】处输入 50r/min。

4. 选择循环方式和设置参数组

在【REAMING】对话框中选择【标准钻】循环方式，再单击编辑参数按钮，进入如图 13-34 所示的【指定参数组】对话框，系统自动显示【Number of Sets】为 1；单击【确定】按钮，进入如图 13-35 所示【Cycle 参数】对话框；参考表 13-2，单击【Depth】选项，在出现的【Cycle 深度】对话框中单击【穿过底面】选项，并设置进给速度为 30mm/min、暂停时间为 2s 退刀距离为 3mm，主轴转速为 50r/min，这样就完成了循环参数组 1 的设置。

5. 生成刀具轨迹

单击【REAMING】对话框中的生成按钮 即可。

6. 完成铰深孔加工刀具轨迹的创建

在【REAMING】对话框中单击【确定】按钮，完成铰深孔加工刀具轨迹的创建。

第14章 注塑模具型芯加工

14.1 工件分析

如图 14-1 所示，模型的总体尺寸为 120mm×120mm×50mm。此图形由曲面和平面组成，模型比较简单，最小圆角为 R3。模型可以选用较大的刀具进行开粗加工，然后再进行精加工，最后进行清角精加工。

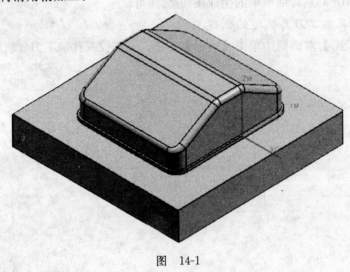

图 14-1

14.2 工艺规划

1. 毛坯

尺寸：120mm×120mm×56mm。

材料：P20。

2. 工件安装

利用标准垫块使毛坯高于平口虎钳 50mm 以上，再夹紧安装到机床上。

3. 加工坐标原点

XY：分中；Z：工件顶面。

4. 工步安排

本工件的形状较为简单，没有尖角或者很小的圆角，表面质量没有特别的要求，所以选用一把 φ16R2 的圆角刀进行开粗加工，然后利用 φ16R2 圆角刀进行曲面的精加工，最后用 φ16mm 平刀进行清角和底平面精加工。具体工步见表 14-1。

表 14-1　型芯加工工步表

序　号	加 工 内 容	进 给 方 式	刀　具	转速/（r/min）	进给速度/（mm/min）
01	型芯开粗加工	型腔铣	φ16R2	1000	500
02	整体精加工	等高轮廓铣	φ16R2	1500	300
03	清角精加工	平面铣加工	φ16mm	1500	300

14.3　模型初始设置

14.3.1　打开模型文件

1. 打开 UG NX5.0

在桌面上双击 NX5.0 的快捷方式图标 ，或单击【开始】/【程序】/【UG NX5.0】/【NX5.0】，进入 UG NX5.0 初始化环境界面。

2. 打开模型文件

在启动界面中，单击打开文件按钮 ，在弹出的对话框中选择 T5-2. prt 部件文件，如图 14-2 所示，单击【OK】按钮打开 T5-2. prt。

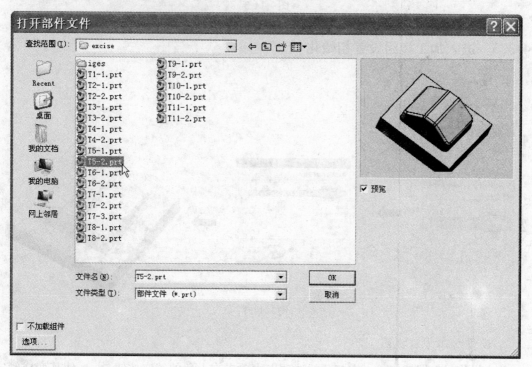

图　14-2

3. 检查图形文件

打开图形文件后，对模型进行旋转、放大、切换视角，检查模型是否有缺陷、错误。

4. 确认工件坐标系

把工件坐标系原点设在工件顶面的对称中心位置处。

14.3.2　进入建模模组设置初始化

单击【开始】/【建模（M）】，在工具栏中单击拉伸按钮 ，弹出【拉伸】对话框；选择模型底面作为草绘平面，画一个 120mm×120mm 的矩形框，单击完成草图按钮 ；在【拉伸】对话框中输入拉伸距离 50，并单击【拉伸】对话框中的【确定】按钮，完成模型毛坯的绘制，如图 14-3 所示。

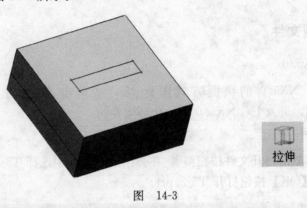

图　14-3

14.3.3　进入加工模组设置初始化

1. 进入加工模块

具体步骤如图 14-4 所示。

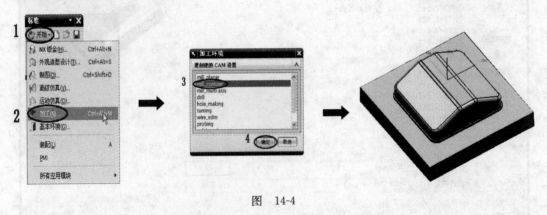

图　14-4

2. 设置加工方法视图

单击操作导航器按钮 ，在打开的选项卡中单击右上角的锁定按钮 ，使其变成锁定状态 ；在操作导航器选项卡内单击鼠标右键，在弹出的快捷菜单中选择【几何视图】。

3. 设置加工坐标系

双击操作导航器内的【MCS_MILL】 MCS_MILL，弹出机床坐标系对话框；单击

【指定 MCS】中的按钮 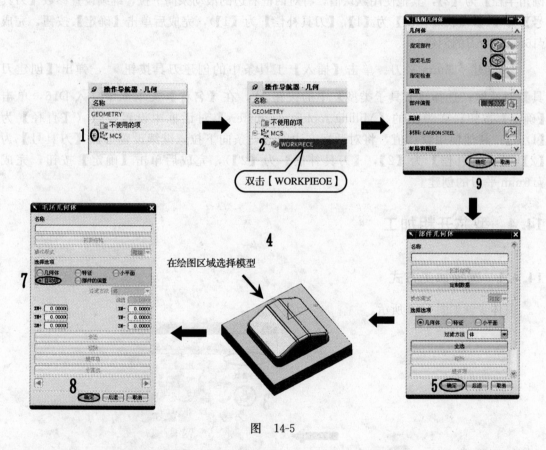，弹出【CSYS】对话框；单击动态按钮，然后单击【确定】按钮，完成加工坐标系的设置。

4. 设置安全高度

在返回的机床坐标系对话框中单击【安全设置】的下拉菜单，选择【平面】选项，此时单击选择平面按钮，弹出【平面构造器】对话框；单击 XC-YC 平面按钮，在【偏置】文本框中输入 20，完成后单击【确定】按钮；接着单击机床坐标系对话框中的【确定】按钮，完成安全高度的设置。

5. 选择部件

具体步骤如图 14-5 所示。

图　14-5

6. 设置加工方法参数

1) 设置粗加工方法参数。在【操作导航器-加工方法】选项卡内双击【MILL_ROUGHS】加工方法，弹出【铣削方法】对话框，设置【部件余量】为【0.3】；单击进给和速度按钮，弹出【进给和速度】对话框，设置【切削】为【500mmpm】，【进刀】为【500mmpm】，【移刀】为【1000mmpm】，完成后单击【确定】按钮；返回【铣削方法】对话框后单击【确定】按钮，完成粗加工的切削参数设置。

2) 设置精加工方法参数。在【操作导航器-加工方法】选项卡内双击【MILL_FINISH】

加工方法，弹出【铣削方法】对话框，设置【部件余量】为【0】，单击进给和速度按钮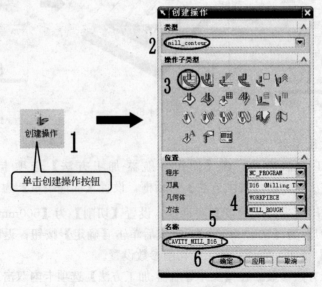，弹出【进给和速度】对话框，设置【切削】为【500mmpm】，【进刀】为【300mmpm】，【移刀】为【800mmpm】，完成后单击【确定】按钮；返回【切削方法】对话框后单击【确定】按钮，完成粗加工的切削参数设置。

　　7. 创建刀具

　　1）创建 φ16R2 圆角刀。单击【插入】工具条中的创建刀具按钮，弹出【创建刀具】对话框；选择【刀具子类型】中的按钮，在【名称】文本框中输入 D16R2，单击【确定】按钮；在弹出的【Milling tool-5 parameters】对话框中设置参数（【直径】为【D16】，【底圆角半径】为【2】，其他使用默认值，将对话框右边的滚动条向下拉，继续设置参数【刀具号】为【1】，【长度补偿】为【1】，【刀具补偿】为【1】），完成后单击【确定】按钮，完成φ16R2 圆角刀的创建。

　　2）创建 φ16mm 平刀。单击【插入】工具条中的创建刀具按钮，弹出【创建刀具】对话框；选择【刀具子类型】中的按钮，在【名称】文本框中输入 D16，单击【确定】按钮；在弹出的【Milling tool-5 parameters】对话框中设置参数（【直径】为【D16】；其他使用默认值，将对话框右边的滚动条向下拉，继续设置参数【刀具号】为【2】，【长度补偿】为【2】，【刀具补偿】为【2】），完成后单击【确定】按钮，完成φ16mm 平刀的创建。

14.4　型芯开粗加工

14.4.1　选择加工方式

　　具体步骤如图 14-6 所示。

图　14-6

14.4.2　设置型腔铣加工参数

1. 刀轨设置

具体步骤如图 14-7 所示。

2. 设置切削参数

具体步骤如图 14-8 所示。

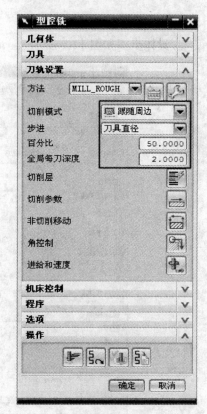

图　14-7

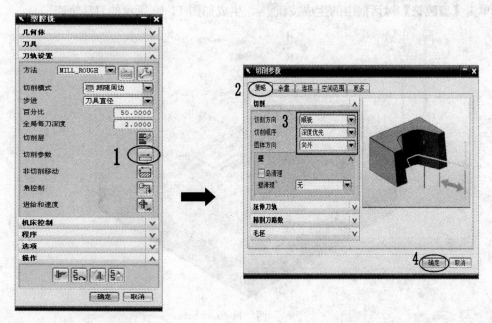

图　14-8

3. 设置进给和速度参数

具体步骤如图 14-9 所示。

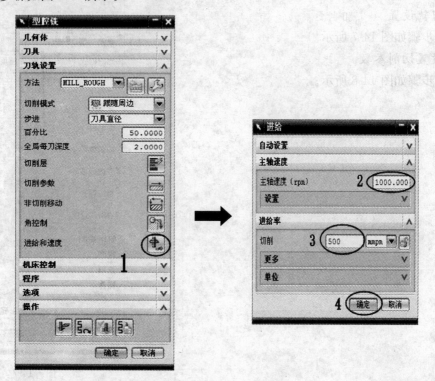

图　14-9

4. 生成刀具轨迹

单击【型腔铣】对话框中的生成按钮，生成如图 14-10 所示的刀具轨迹。

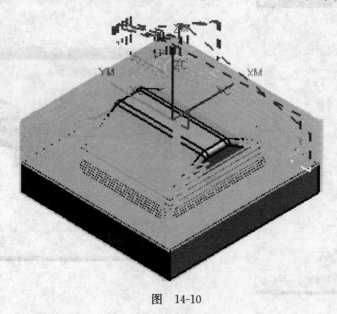

图　14-10

5. 完成型腔铣加工刀具轨迹的创建

单击【刀轨可视化】对话框中的【确定】按钮，返回【型腔铣】对话框，再单击【确定】按钮，完成型腔铣加工刀具轨迹的创建。

14.5 型芯整体精加工

14.5.1 选择加工方式

具体步骤如图 14-11 所示。

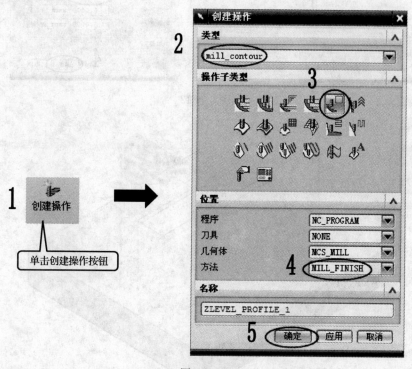

图 14-11

14.5.2 设置等高轮廓铣加工参数

1. 设置切削参数

使用其默认设置。

2. 设置进给和速度参数

具体步骤如图 14-12 所示。

3. 生成刀具轨迹

单击【固定轮廓铣】对话框中的生成按钮，生成如图 14-13 所示的刀具轨迹。

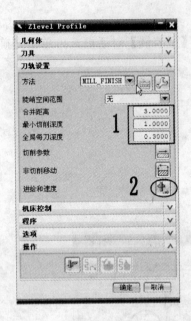
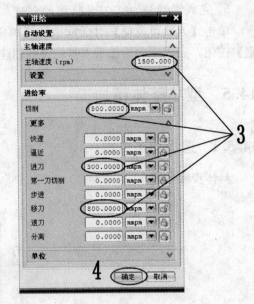

图　14-12

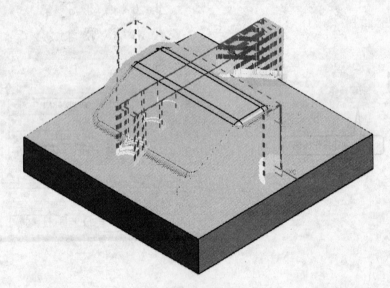

图　14-13

14.6　清角精加工

1. 选择加工方式

选择 FACE_MILLING 加工方式精铣台阶面及底面。

2. 设置切削参数

使用其默认设置。

3. 设置加工区域

体步骤如图 14-14 所示。

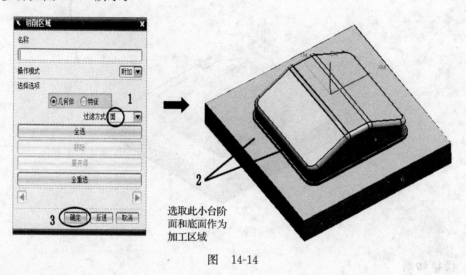

选取此小台阶
面和底面作为
加工区域

图　14-14

4. 设置进给和速度参数

具体步骤如图 14-15 所示。

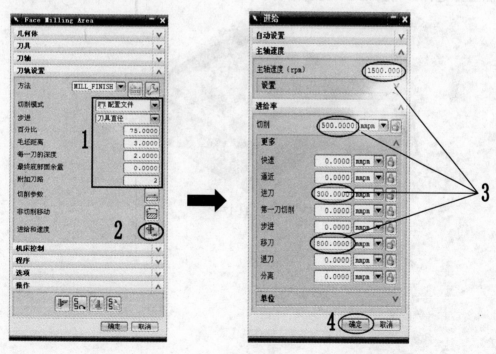

图　14-15

5. 生成刀具轨迹

单击【FACE_MILLING_AREA】对话框中的生成按钮 ，生成如图 14-16 所示的刀
具轨迹。

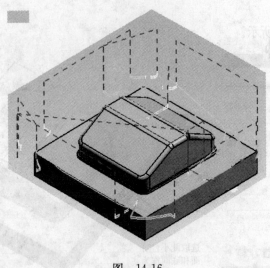

图　14-16

6. 模拟切削

选取所有的加工方法，单击校验刀轨工具[校验刀轨]，在弹出的对话框中选择【2D 动态】，然后单击[▶]，进行 2D 模拟加工，完成后如图 14-17 所示。

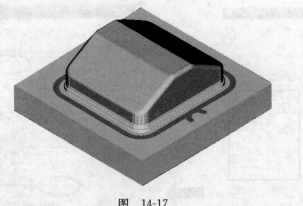

图　14-17

附录 常用切削用量表

附表1 硬质合金面铣刀的铣削用量表

加 工 材 料	工 序	铣削深度 a_p/mm	铣削速度 v_c/ (m/min)	每齿进给量 f_z/ (mm/z)
钢 （σ_b＝520～700MPa）	粗	2～4	80～120	0.2～0.4
	精	0.5～1	100～180	0.05～0.2
钢 （σ_b＝700～900MPa）	粗	2～4	60～100	0.2～0.4
	精	0.1～1	90～150	0.05～0.15
钢 （σ_b＝1000～1100MPa）	粗	2～4	40～70	0.1～0.3
	精	0.5～1	60～100	0.05～0.1
铸铁	粗	2～4	50～80	0.2～0.4
	精	0.5～1	100～180	0.05～0.2
铝及其合金	粗	2～4	300～700	0.1～0.4
	精	0.5～1	500～1500	0.05～0.03

附表2 高速钢铣刀和硬质合金铣刀的切削速度

加 工 材 料	硬度 HBW	切削速度 v_c/ (m/min)	
		高速钢铣刀	硬质合金铣刀
低碳钢 中碳钢	125～175	24～42	75～150
	175～225	21～40	70～120
	225～275	18～36	60～115
	275～325	15～27	54～90
	325～375	9～21	45～75
	375～425	7.5～15	36～60
高碳钢	125～175	21～36	75～130
	175～225	18～33	68～120
	225～275	15～27	60～105
	275～325	12～21	53～90
	325～375	9～15	45～68
	375～425	6～12	36～54
合金钢	175～225	21～36	75～130
	225～275	15～30	60～120
	275～325	12～27	55～100
	325～375	7.5～18	37～80
	375～425	6～15	30～60
高速钢	200～250	12～23	45～83
灰铸铁	100～140	24～36	110～150
	150～190	21～30	68～120
	190～220	15～24	60～105
	220～260	9～18	45～90
	260～320	4.5～10	21～30

（续）

加工材料		硬度 HBW	切削速度 v_c/（m/min）	
			高速钢铣刀	硬质合金铣刀
可锻铸铁		110～160	24～36	105～210
		160～200	24～36	83～120
		200～240	15～24	72～120
		340～380	9～18	42～60
铸钢	低碳	100～150	18～27	68～105
	中碳	100～160	18～27	68～105
		160～200	15～24	60～90
		200～225	12～21	53～75
	高碳	180～240	9～18	53～80
铝合金		—	180～300	360～600
铜合金		—	45～100	120～190
镁合金		—	180～270	150～600

附表 3　硬质合金铣刀的每齿进给量 f_z　　　（单位：mm/z）

加工材料	硬度 HBW	面 铣 刀	三面刃铣刀
低碳钢	200	0.2～0.5	0.15～0.3
中高碳钢	120～180	0.2～0.5	0.15～0.3
	180～220	0.15～0.5	0.125～0.25
	220～300	0.125～0.25	0.075～0.2
合金钢（w_C<3%）	125～220	0.15～0.5	0.125～0.3
	220～280	0.1～0.3	0.075～0.25
	280～320	0.075～0.2	0.005～0.15
合金钢（w_C>3%）	170～220	0.125～0.5	0.125～0.3
	220～280	0.1～0.3	0.075～0.2
	280～320	0.075～0.2	0.05～0.15
	320～380	0.075	0.05～0.125
灰铸铁	150～220	0.2～0.5	0.125～0.3
	220～300	0.15～0.3	0.1～0.2
可锻铸铁	110～160	0.2～0.5	0.1～0.3
	160～200	0.2～0.5	0.15～0.3
	200～240	0.15～0.5	0.1～0.25
	240～260	0.1～0.3	0.1～0.2
铸铁	100～180	0.2～0.5	0.15～0.3
	180～240	0.15～0.5	0.1～0.25
	240～300	0.125～0.3	0.075～0.2
锌合金		0.125～0.5	0.1～0.3
铜合金	100～150	0.2～0.5	0.15～0.3
	150～250	0.15～0.35	0.1～0.25
铝合金 镁合金		0.25～0.5	0.15～0.3
不锈钢		0.15～0.38	0.125～0.3
塑料硬橡胶		0.15～0.38	0.1～0.3

附表4　高速钢立铣刀的每齿进给量 f_z　　　　　（单位：mm/z）

加工材料	硬度 HBW	切削深度 6.5mm 铣刀直径/mm			切削深度 1.25mm 铣刀直径/mm			
		10	20	25 以上	3	10	20	25 以上
低碳钢	～150	0.05	0.1	0.15	0.025	0.075	0.15	0.2
	150～200	0.05	0.075	0.12	0.025	0.075	0.15	0.18
中高碳钢	120～180	0.05	0.1	0.15	0.025	0.075	0.15	0.20
	180～220	0.05	0.075	0.12	0.025	0.075	0.15	0.18
	220～300	0.025	0.025	0.05	0.01	0.075	0.075	0.075
合金钢 ($w_C<3\%$)	125～170	0.05	0.1	0.12	0.025	0.1	0.15	0.2
	170～220	0.05	0.1	0.12	0.025	0.075	0.15	0.2
	220～280	0.025	0.05	0.075	0.12	0.05	0.075	0.1
	280～320	0.012	0.025	0.05	0.12	0.025	0.05	0.025
合金钢 ($w_C>3\%$)	170～220	0.05	0.1	0.12	0.025	0.075	0.15	0.2
	220～280	0.05	0.05	0.075	0.012	0.05	0.075	0.1
	280～320	0.012	0.025	0.05	0.012	0.025	0.05	0.075
	320～380	0.012	0.025	0.025	0.012	0.025	0.05	0.05
工具钢	200～250	0.05	0.075	0.1	0.025	0.075	0.1	0.1
	250～300	0.025	0.05	0.075	0.12	0.05	0.075	0.075
灰铸铁	150～180	0.075	0.125	0.15	0.025	0.1	0.18	0.18
	180～220	0.05	0.1	0.125	0.025	0.075	0.15	0.15
	220～300	0.025	0.075	0.075	0.012	0.075	0.1	0.1
可锻铸铁	110～160	0.075	0.125	0.18	0.025	0.125	0.15	0.2
	160～200	0.05	0.1	0.125	0.025	0.075	0.15	0.2
	200～240	0.05	0.05	0.075	0.025	0.05	0.075	0.1
	240～300	0.125	0.025	0.05	0.012	0.05	0.05	0.075
铸钢	100～180	0.075	0.1	0.15	0.025	0.075	0.15	0.2
	180～240	0.05	0.075	0.12	0.025	0.075	0.15	0.18
	240～300	0.025	0.05	0.075	0.012	0.05	0.075	0.1
锌合金		0.1	0.2	0.3	0.05	0.125	0.2	0.3
铜合金	80～100	0.075	0.2	0.25	0.025	0.1	0.2	0.25
	100～150	0.05～0.075	0.1～0.15	0.15～0.25	0.025～0.012	0.1～0.075	0.12～0.2	0.2～0.25
	150～250	0.05～0.075	0.1～0.15	0.15～0.25	0.025～0.012	0.1～0.075	0.12～0.2	0.2～0.25
铸铝		0.075	0.15～0.2	0.2～0.25	0.05	0.075	0.25	0.25～0.3
冷拉可锻铝合金		0.075	0.2	0.25	0.05	0.075	0.25	0.3
镁合金		0.075	0.02	0.3	0.05	0.1	0.25	0.35
不锈钢		0.05～0.075	0.075～0.125	0.125	0.025	0.075～0.1	0.1～0.15	0.15～0.2